Winkler
Weltliteratur

Die Erzählungen dieses Bandes wurden folgender Ausgabe entnommen:

Rabīndranāth Tagore
Gesammelte Werke. Lyrik, Prosa, Dramen
Aus dem Bengalischen übersetzt von Rahul Peter Das, Alokeranjan Dasgupta, Hans Harder, Martin Kämpchen und Lothar Lutze
Aus dem Englischen übersetzt von Andor Orand Carius und Axel Monte
Herausgegeben von Martin Kämpchen
Ca. 640 Seiten, Format 11,5 x 19 cm
Leinen mit Lesebändchen, Goldprägung und Farbschnitt
ISBN 3-538-05437-1
Erscheinungstermin: August 2005
Artemis & Winkler

Dieselbe Ausgabe ist in der Blauen Reihe der Winkler Weltliteratur lieferbar unter dem Titel:

Rabīndranāth Tagore
Das goldene Boot. Lyrik, Prosa, Dramen
ISBN 3-538-06988-3
Erscheinungstermin: August 2005
Artemis & Winkler

RABĪNDRANĀTH TAGORE

DER MANN AUS KABUL

Drei Erzählungen

Aus dem Bengalischen neu übersetzt
von Hans Harder

Ein Lesebuch
zu den
Gesammelten Werken

Artemis & Winkler

Umschlagmotiv: James Atkinson, »Caubul«

Umschlaggestaltung: Volker Butenschön, Lüneburg
Satz: Fotosatz Moers, Viersen
Druck und Bindung: freiburger graphische betriebe
ISBN 3-491-90488-9
www.patmos.de

DER MANN AUS KABUL
Erzählung

Mini, meine fünfjährige jüngste Tochter, konnte nicht einen Moment den Mund halten. Nach ihrem Eintritt ins Leben hatte sie nicht mehr als ein Jahr dafür gebraucht, sich die Sprache anzueignen, und seither verschwendete sie keinen Augenblick ihrer wachen Stunden mit Schweigen. Ihre Mutter versuchte manchmal, ihr mit Drohungen den Mund zu verbieten, aber mir war das nicht möglich. Wenn Mini still war, kam mir das so unnatürlich vor, daß ich es nicht lange aushielt. Deshalb waren unsere Gespräche stets von einiger Lebhaftigkeit geprägt.

Als ich eines Morgens gerade mit dem siebzehnten Kapitel meines Romans begonnen hatte, kam Mini herein: »Papa«, begann sie, »der Türsteher Rāmdayāl hat *kauvā* zu einer Krähe gesagt, der hat doch keine Ahnung, oder?«

Bevor ich ansetzen konnte, sie über die Verschiedenheit der Sprachen auf dieser Welt aufzuklären, kam sie bereits auf ein anderes Thema zu sprechen. »Hör mal, Papa, Bholā hat erzählt, daß es regnet, weil die Elefanten mit dem Rüssel Wasser in den Himmel sprühen. Oh Mann, Bholā kann einen Haufen Unsinn plappern. Er tut nichts als plappern, Tag und Nacht plappert er bloß.«

Im nächsten Moment saß sie schon neben dem Schreibtisch zu meinen Füßen und begann, mit Händen und Knien und in größter Geschwindigkeit ein Kinderreimspiel zu spielen. In meinem siebzehnten Kapitel war Pratāpsingh gerade dabei, in dunkler Nacht mit seiner Kānchanmālā aus dem höchsten Fenster des Gefängnisses ins Wasser des angrenzenden Flusses zu springen.

Mein Haus lag an der Straße. Plötzlich hörte Mini auf zu

plappern und rannte zum Fenster, wo sie laut zu rufen begann: »Mann aus Kabul, he, Mann aus Kabul!«

Draußen schritt langsam und gemächlich ein großer Afghane die Straße entlang, mit dreckigen, weiten Kleidern, einem Turban auf dem Kopf, einer Umhängetasche um die Schultern und ein paar Schachteln mit Trauben in den Händen. Schwer zu sagen, weshalb sein Anblick bei meinem Juwel von Töchterchen solche Gefühle freisetzte, jedenfalls begann sie, lauthals nach ihm zu rufen. Ich für meinen Teil sah bereits eine Gefahr mit Umhängetasche über der Schulter heraufziehen, welche die Fertigstellung meines siebzehnten Kapitels verhindern würde.

Doch sobald der Mann aus Kabul auf Minis Rufen hin lachend den Kopf drehte und auf unser Haus zukam, rannte Mini aufgeregt in die inneren Gemächer, und nichts war mehr von ihr zu sehen. Sie hatte die abergläubische Vorstellung, daß aus jener Umhängetasche bei genauerem Nachsehen zwei, drei lebendige Menschenkinder ihresgleichen zum Vorschein kommen könnten.

Der Afghane kam lachend heran und grüßte mich. Selbst angesichts der höchst brenzligen Lage, in der sich Pratāpsingh und Kānchanmālā befanden, schien es mir unangebracht, den Mann nicht wenigstens kurz ins Haus zu rufen und irgendeine seiner Waren zu erstehen.

Ich kaufte also etwas, und wir unterhielten uns eine Weile. Wir redeten über die Grenzstreitigkeiten im Nordwesten, zwischen dem afghanischen Emir Abdur Rahman, den Russen und den Engländern.

Als er schließlich aufstand, fragte er: »Bābu, wo ist denn deine Tochter?«

Ich ließ Mini aus den inneren Gemächern herbeirufen in der Absicht, ihre unbegründete Angst zu zerstreuen. Sie blieb eng an mich geschmiegt und betrachtete argwöhnisch abwechselnd das Gesicht des Afghanen und seine Tasche. Der Afghane wollte ihr einige Rosinen und Aprikosen aus der

Tasche geben, doch sie nahm sie nicht an und preßte sich nur mit verdoppeltem Argwohn an mein Knie. So verlief die erste Begegnung.

Als ich einige Tage später morgens aus dem Hause gehen mußte, sah ich, wie mein Töchterchen auf der Bank beim Eingang saß und in einem fort redete, während der Afghane sich zu ihren Füßen niedergelassen hatte, lächelnd zuhörte und dann und wann in gebrochenem Bengali seine Meinung zum Thema äußerte. In ihrem fünfjährigen Leben hatte Mini, von mir, ihrem Vater, abgesehen, nie einen so geduldigen Zuhörer gehabt. Außerdem bemerkte ich, daß sich ihr kleiner Sarizipfel mit Mandeln und Rosinen angefüllt hatte. »Warum hast du ihr das alles gegeben?« fragte ich den Afghanen. »Gib ihr nicht mehr so viel.« Ich zog eine halbe Rupie aus der Hemdtasche und reichte sie ihm. Er nahm sie ohne Zögern und steckte sie in seine Umhängetasche.

Als ich wieder nach Hause kam, sah ich, daß die halbe Rupie ein vollständiges Durcheinander angerichtet hatte.

Minis Mutter hielt ein silbern glänzendes, rundes Ding in der Hand und fragte Mini in tadelndem Tonfall: »Woher hast du diese halbe Rupie?«

»Der Mann aus Kabul hat sie mir gegeben«, sagte Mini.

»Wieso hast du eine halbe Rupie von ihm genommen?« fragte ihre Mutter.

»Ich habe sie nicht verlangt«, sagte Mini, kurz vor dem Weinen, »er hat sie von sich aus gegeben.«

Ich kam hinzu und rettete Mini aus ihrer mißlichen Lage, indem ich sie mit mir nach draußen nahm.

Ich erfuhr, daß dies nicht erst Minis zweites Treffen mit dem Afghanen gewesen war. In der Zwischenzeit war er fast täglich gekommen, hatte Mini mit seinen Pistazien und Mandeln bestochen und so ihr kleines, verstecktes Herz für sich eingenommen.

Zwischen den beiden Freunden hatte sich, wie ich bemerkte, eine Reihe von stehenden Redewendungen und

Scherzen eingespielt. So fragte etwa meine Tochter lachend, wenn sie Rahmat sah: »Mann aus Kabul, he, Mann aus Kabul! Was ist in deiner Umhängetasche?«

Rahmat antwortete, ebenfalls lachend, in seinem nasalen Tonfall: »Ein Elefant.«

Nun, allzu subtil war das nicht, aber die beiden ergötzten sich ausgiebig an diesem Scherz; und auch ich erfreute mich am unschuldigen Lachen eines Erwachsenen und eines jungen Kindes an jenem Herbstmorgen.

Es gab noch eine andere feststehende Redewendung zwischen den beiden. Rahmat sagte häufig zu Mini: »Kleine, du sollst niemals zu den Schwiegereltern gehen.«

Bengalische Mädchen sind im Prinzip von Geburt an mit der Bedeutung des Wortes Schwiegereltern vertraut, doch wir lebten etwas moderner und hatten das junge Kind in dieser Beziehung noch nicht ins Bild gesetzt. Deshalb konnte Mini Rahmats Bitte nicht wirklich verstehen. Doch es war vollständig gegen ihre Natur, auf eine Antwort ganz zu verzichten und einfach stumm zu bleiben, und darum fragte sie zurück: »Gehst du denn zu den Schwiegereltern?«

Rahmat reckte dann seine riesige geballte Faust gegen einen imaginären Schwiegervater und sagte prahlerisch: »Ich werde den Schwiegervater verhauen!«

Mini lachte ausgiebig bei der Vorstellung, wie irgendein unbekanntes Wesen namens Schwiegervater in die Bredouille geriet.

Es waren die klaren Tage nach dem Monsun. Früher waren die Herrscher in dieser Jahreszeit zur Eroberung der vier Himmelsrichtungen ausgezogen. Ich war in meinem ganzen Leben noch nicht aus Kalkutta herausgekommen, doch im Geiste reiste ich durch die ganze Welt. Während ich wie ein Exilant in meiner Zimmerecke hockte, quälte mich das Fernweh nach der Welt dort draußen. Hörte ich nur den Namen eines fremden Landes, so ging mein Geist sogleich auf Reise, und wenn ich einen Ausländer sah, dann entstand vor meinem inneren Auge das Bild einer Hütte inmitten von Flüssen, Bergen und Wäldern, und ich sah ein frohes und freies Leben vor mir.

Andererseits war ich so träge, daß mich gleichsam der Blitz traf, wenn ich einmal aus meiner Zimmerecke herausmußte. Wenn ich mich also morgens in meinem kleinen Zimmer hinter dem Schreibtisch sitzend mit dem Afghanen unterhielt, war auch das für mich eine Form von Reisen. Links und rechts von uns lagen die hohen Bergketten des afghanischen Freundes, unwegsam, verbrannt und blutfarben; dazwischen ein schmaler Wüstenweg, auf dem sich eine Karawane von beladenen Kamelen fortbewegte; Händler und Reisende trugen Turbane und ritten auf Kamelen oder schritten zu Fuß; manche trugen Lanzen, andere altmodische, mit Feuerstein zündende Gewehre. All solche Bilder kamen mir in den Kopf, wenn der Mann aus Kabul mit donnernder Stimme von seinem Land erzählte.

Minis Mutter hatte ein sehr ängstliches Wesen. Wenn sie auf der Straße ein Geräusch hörte, schien es ihr sogleich, als hätten alle Betrunkenen dieser Welt ausgerechnet unser Haus zum Ziel ihres Ansturms erkoren. Die angstgetriebene Vorstellung, daß jeder Winkel dieser Welt bis zum Rand mit Dieben, Räubern, Betrunkenen, Schlangen, Tigern, Malaria, Blutegeln, Kakerlaken und Weißen angefüllt sei, hatten ihr die wenn auch nicht allzu zahlreichen Lebensjahre bisher nicht austreiben können.

Auch was Rahmat, den Mann aus Kabul, betraf, war sie nicht ganz ohne Zweifel. Wieder und wieder bat sie mich, ihn besonders aufmerksam im Auge zu behalten. Wenn ich dann versuchte, ihre Zweifel mit einem Lachen zu zerstreuen, stellte sie mir der Reihe nach Fragen wie diese: »Werden nicht manchmal Kinder entführt? Gibt es in Kabul etwa keinen Menschenhandel? Ist es denn ein Ding der Unmöglichkeit für einen riesenhaften Afghanen, ein kleines Kind zu entführen?«

Ich mußte zugeben, daß es nicht unmöglich war, aber doch alles andere als glaubhaft. Die Kraft des Glaubens ist aber nicht allen in gleichem Maße gegeben, und darum blieb die Angst meiner Frau bestehen. Das aber war mir nicht Grund genug, dem schuldlosen Rahmat den Zugang zu unserem Haus zu verbieten.

Jahr für Jahr fuhr Rahmat im Wintermonat *māgh* in seine Heimat. Aus diesem Grund war er im Augenblick sehr damit beschäftigt, all seine ausstehenden Zahlungen einzutreiben. Er mußte von Haus zu Haus ziehen, und dennoch zeigte er sich einmal täglich bei Mini. Wenn man die beiden beobachtete, konnte man wirklich meinen, hier ereigne sich eine Verschwörung. Konnte er morgens nicht, kam er, wie mir bald auffiel, am Abend. Sah man diesen langen Mann in der dunklen Zimmerecke, in weite Hemden und Hosen gekleidet, mit Taschen und Täschchen behängt, konnte er einem tatsächlich einen Schrecken einjagen.

Doch wenn ich dann hörte, wie Mini »Mann aus Kabul, he, Mann aus Kabul« rief und lachend herbeigerannt kam, und das gewohnte, unschuldige Scherzen dieser so ungleichen Freunde seinen Lauf nahm, freute ich mich von ganzem Herzen.

Eines Tages saß ich morgens in meinem kleinen Zimmer an einer Fahnenkorrektur. Kurz vor ihrem Abschied hatte die Kälte des Winters seit zwei, drei Tagen noch einmal kräftig zugenommen; wohin man auch sah, alles zitterte und fröstelte. Der morgendliche Sonnenschein drang durchs Fenster und fiel unter den Tisch auf meine Beine, und dieses bißchen Wärme war mir sehr angenehm. Es war vielleicht acht Uhr. Die morgendlichen Wanderer, die Köpfe in Schals gewickelt, hatten ihre im Morgengrauen begonnenen Spaziergänge mittlerweile beendet und waren fast alle nach Hause zurückgekehrt. Da erhob sich auf der Straße ein heftiger Tumult.

Ich ging nachschauen und sah, wie zwei Wachmänner unseren Rahmat gefesselt in unsere Richtung abführten, dahinter eine Horde von neugierigen Jungen. An Rahmats Kleidern klebten Spuren von Blut, und einer der Wächter hielt einen blutigen Dolch in der Hand. Ich ging durch die Tür nach draußen, hielt einen der Wachmänner an und fragte, was geschehen sei.

Teils von ihm, teils von Rahmat erfuhr ich, daß einer unserer Nachbarn Rahmat für eine *Rāmpurī*-Decke etwas schuldig war, seine Schulden aber lügnerisch verleugnet hatte. Im Streit hatte Rahmat ihm ein Messer in den Leib gestoßen.

Rahmat ließ gerade eine Serie unerhörter Flüche in Richtung jenes Lügners los, als Mini »Mann aus Kabul, he, Mann aus Kabul« rufend aus dem Haus gestürmt kam.

Rahmats Gesicht hellte sich augenblicklich zu einem scherzenden Lachen auf. Er hatte keine Umhängetasche über der Schulter, folglich konnte das Gespräch nicht seinen üblichen Einstieg nehmen. Mini sprang darum gleich zum nächsten Thema und fragte: »Gehst du zu den Schwiegereltern?«

»Genau dahin gehe ich«, antwortete Rahmat lachend.

Er sah, daß die Antwort Mini nicht zum Lachen brachte, und ergänzte, während er ihr seine Hände zeigte: »Ich würde den Schwiegervater ja gern verhauen, doch was soll ich tun? Meine Hände sind gefesselt.«

Wegen brutaler Gewaltanwendung ging Rahmat für einige Jahre ins Gefängnis.

Und wir vergaßen ihn. Die bedrückende Vorstellung, daß ein freiheitsliebender Gebirgsmensch seine Jahre zwischen Gefängnismauern abzusitzen hatte, während wir zu Hause wie immer mit unseren gewohnten Tätigkeiten die Tage verbrachten, kam uns nicht in den Sinn.

Und sogar ich als Minis Vater muß zugeben, daß Minis Verhalten über die Maßen beschämend war. Freimütig vergaß sie ihren alten Vertrauten und freundete sich zuerst mit dem Pferdeknecht Nabi an. Mit wachsendem Alter ersetzte sie dann die Freunde durch Freundinnen. Schließlich traf man sie nicht mal mehr im Schreibzimmer ihres Vaters, und ich war ihr deshalb ein wenig gram.

*

Viele Jahre vergingen, und es kam ein weiterer Herbst. Minis Hochzeit war beschlossen worden, sie sollte noch während der *Durgāpūjā*-Ferien stattfinden. Zusammen mit der Göttin Durgā würde die freudenbringende Tochter durch ihr Fortgehen das Haus des Vaters verdunkeln und ins Haus ihres Ehemannes ziehen.

Wunderschön zog der Morgen herauf. Der herbstliche, frischgewaschene Sonnenschein nach der Regenzeit hatte die Farbe von boraxgelöstem reinen Gold angenommen. Sogar über die schmutzigen, gedrängten Gassen Kalkuttas mit ihren zerbröselnden Häuserziegeln breitete dieser sonnige Glanz eine unvergleichliche Anmut. In meinem Haus erklang heute seit dem Ende der Nacht die *sānāi*, und der weinende Klang der Flöte schien geradewegs aus meiner Brust herauszudringen. Der traurige *Rāga Bhairavī* und der Herbstsonnenschein überzogen die ganze Welt mit meinem Trennungsschmerz. Heute war die Hochzeit meiner Mini.

Vom Morgen an herrschte ein großes Durcheinander, die Leute kamen und gingen. Im Hof wurde mit Bambusstäben eine Plane gespannt, in allen Zimmern des Hauses und auf der Veranda hörte man es klirren von den Lüstern, die befestigt wurden, und das Rufen und Schreien nahm kein Ende.

Ich saß in meinem Schreibzimmer und ging einige Rechnungen durch, als plötzlich Rahmat an mich herantrat und mich grüßte.

Ich erkannte ihn zuerst nicht wieder. Seine Umhängetasche war fort, es fehlten seine langen Haare und seine frühere Körperkraft. Doch schließlich erkannte ich ihn an seinem Lachen.

»Was denn, Rahmat«, sagte ich, »wann bist du gekommen?«

»Gestern abend bin ich aus dem Gefängnis entlassen worden«, sagte er.

Seine Worte klangen harsch in meinem Ohr. Ich hatte noch nie einen Mörder gesehen, und bei seinem Anblick breitete sich in meinem ganzen Inneren Befangenheit aus. Ich wünschte, daß dieser Mann uns heute, an diesem Freudentag, nicht behelligen würde.

»Bei uns findet heute etwas statt«, sagte ich. »Ich habe zu tun. Geh für heute.«

Sowie er meine Worte hörte, schickte er sich an zu gehen. Doch an der Tür zögerte er und sagte schließlich: »Kann ich nicht wenigstens kurz die Kleine sehen?«

Er glaubte offenbar, daß Mini noch aussähe wie früher. Er hatte sich vorgestellt, daß Mini wie damals »Mann aus Kabul, he, Mann aus Kabul« rufen und ihm entgegenlaufen würde und sie ihre so lustigen, alten Scherzgespräche wieder aufnehmen könnten. Er hatte sogar in Erinnerung an die alte Freundschaft, wie ich vermute, von einem Landsmann eine Schachtel mit Trauben und in Papier gewickelte Rosinen und Mandeln aufgetrieben und mitgebracht. Seine eigene Umhängetasche hatte er ja nicht mehr.

»Heute ist eine Veranstaltung im Haus«, sagte ich. »Heute kannst du niemanden mehr treffen.«

Er schien etwas niedergeschlagen zu sein. Wie angewurzelt stand er einen Moment lang da und guckte mir mit starrem Blick in die Augen. Dann grüßte er und ging durch die Tür nach draußen.

Mir tat es eigentümlich weh, und ich dachte noch daran, ihn zurückzurufen, als er von selbst zurückkehrte. Er kam nah heran und sagte: »Diese Trauben, Rosinen und Mandeln habe ich für die Kleine mitgebracht, bitte geben Sie sie ihr.«

Ich nahm sie und wollte zahlen, als er plötzlich meine Hand ergriff: »Sie sind sehr gnädig«, sagte er, »ich werde mich immer daran erinnern. Geben Sie mir kein Geld. Bābu, auch ich habe zu Hause so eine Tochter wie Ihre. Ich erinnere mich an ihr Gesicht, wenn ich Ihrer Tochter einige Früchte bringe; ich will doch keine Geschäfte machen.«

Mit diesen Worten steckte er den Arm in sein riesiges, weites Hemd und zog von irgendwo nahe seiner Brust ein Stückchen schmutziges Papier heraus. Mit größter Vorsicht faltete er es auf und legte es mit beiden Händen auf meinen Tisch.

Auf dem Papier war der Abdruck einer kleinen Hand. Keine Fotografie, kein Ölbild – er hatte die Hand mit etwas Ruß beschmiert und einen Papierabdruck davon gemacht. Mit diesem Erinnerungsstück der Tochter an der Brust kam Rahmat also jedes Jahr zum Obstverkaufen nach Kalkutta – als würde die Berührung dieser zierlichen kleinen Mädchenhand eine himmlische Quelle in seiner riesigen, vom Trennungsschmerz gezeichneten Brust zum Fließen bringen.

Mir traten die Tränen in die Augen. Ich vergaß, daß er ein afghanischer Obsthändler war und ich der Sproß einer edlen bengalischen Familie, und verstand, daß er dasselbe war wie ich: Er war Vater, und ich war Vater. Der Händeabdruck seiner kleinen Bergbewohnerin brachte mir meine Mini in den Sinn. Sofort ließ ich sie von drinnen herbeirufen. In den inneren Gemächern gab es allerlei Protest, doch dem schenkte ich kein Gehör. Schamhaft trat Mini zu mir, mit Blumen geschmückt, die Stirn bemalt und schon als Braut gekleidet.

Der Mann aus Kabul war zunächst verdutzt, als er sie sah. Das gewohnte Gespräch konnte er nicht wieder aufnehmen. Schließlich sagte er lachend: »Kleine, gehst du zu den Schwiegereltern?«

Mini verstand jetzt die Bedeutung und konnte nicht mehr wie damals antworten; Rahmats Frage brachte sie in große Verlegenheit, und sie wendete das Gesicht ab. Ich mußte an den Tag denken, als Mini und der Afghane sich das erste Mal gesehen hatten, und das versetzte mir einen Stich.

Mini ging fort, und Rahmat ließ sich mit einem tiefen Seufzer auf dem Boden nieder. Mit einem Mal begriff er klar und deutlich, daß auch seine Tochter inzwischen groß geworden war und er auch mit ihr ein neues Gespräch beginnen mußte;

er würde nicht mehr dieselbe Tochter treffen. Wer wußte schon, was ihr in diesen acht Jahren widerfahren war? Inmitten der sanften Sonnenstrahlen des herbstlichen Morgens ertönte die *sānāi*, und Rahmat saß in einer Gasse in Kalkutta und sah die Szenerie einer wüstenhaften Berglandschaft in Afghanistan vor sich.

Ich nahm einen Geldschein hervor und gab ihn dem Mann aus Kabul. »Rahmat«, sagte ich, »geh zurück nach Hause zu deiner Tochter. Deine Wiedersehensfreude soll Mini Glück bringen.«

Wegen dieser Gabe mußte ich ein, zwei Posten für das festliche Arrangement streichen. Ich konnte das Haus nicht ganz so prunkvoll mit elektrischem Licht beleuchten lassen, wie ich es vorgehabt hatte, und auch auf die Begrüßungsmusik mußten wir verzichten. Die Frauen im Innern des Hauses nahmen mir das sehr übel, doch das Fest erstrahlte hell in glücksbringendem Glanz.

DER POSTMEISTER
Erzählung

Die erste Stelle seiner Laufbahn trat der Postmeister im Dorf Ulāpur an. Das Dorf war gänzlich unbedeutend, doch in der Nähe gab es eine Indigomühle, und deshalb hatte der Sāhib, der die Mühle betrieb, allerlei Fäden gezogen, um hier eine Poststelle einrichten zu lassen.

Der Postmeister unserer Geschichte kam aus Kalkutta, und in der ländlichen Verschlafenheit dieses Dorfes fühlte er sich wie ein Fisch auf dem Trockenen. Sein Büro war in einem großen, düsteren Schuppen untergebracht, und in der Nähe gab es einen zugewachsenen Teich, der rundherum von Wald umgeben war. Die Agenten und Angestellten der Indigomühle hatten kaum Freizeit und waren ohnehin kein angemessener Umgang für einen Sproß aus guter Familie. Menschen aus Kalkutta sind in der Fremde besonders ungeschickt im Umgang. Kommen sie an einen unbekannten Ort, so werden sie entweder arrogant oder schüchtern. Deshalb haben sie keinen Kontakt zur örtlichen Bevölkerung.

Viel zu tun hatte der Postmeister nicht. Hin und wieder versuchte er, ein paar Gedichte zu schreiben, in denen er kundgab, daß das Leben bei der Betrachtung zitternder Baumknospen und der Wolken am Himmel sehr glücklich dahinschreite. Doch der Allmächtige wußte es besser: Nur wenn ein Dschinn aus Tausendundeine Nacht von einem Tag auf den anderen all diese Bäume, Zweige und Knospen wegrisse, die Straße asphaltierte und den Blick auf die Wolken mit Reihen von Stadthäusern versperrte, konnte dieses halbtote Bürgersöhnchen wieder zum Leben erweckt werden.

Der Lohn des Postmeisters war sehr dürftig. Er mußte sich selbst sein Essen kochen. Ein elternloses Mädchen aus dem

Dorf ging ihm im Haushalt zur Hand und bekam dafür etwas zu essen. Das Mädchen hieß Ratan und war vielleicht zwölf oder dreizehn Jahre alt. Ihre Heiratschancen sahen nicht sehr rosig aus. Wenn am Abend der Dunst aus den Ställen spiralförmig aufstieg, die Grillen in den Büschen zirpten und in einiger Entfernung die hanfrauchenden Bāuls des Dorfes mit lauter Stimme und begleitet von Trommeln und Zimbeln ihre Lieder anstimmten – wenn er also allein auf der dunklen Veranda saß und ihm beim Anblick der zitternden Äste das Dichterherz ein wenig in Wallung geriet, dann zündete er ein kleines Licht in der Zimmerecke an und rief nach Ratan. Die saß bereits an der Tür in Erwartung genau dieses Rufes, kam aber nicht gleich ins Zimmer.

»Was ist, Bābu, warum rufst du?« fragte sie.

»Was machst du gerade?« entgegnete der Postmeister.

»Ich muß jetzt gleich den Ofen anmachen«, antwortete Ratan. »Die Küche …«

»Kümmere dich später um deine Küche«, sagte der Postmeister, »stopf mir doch erst einmal eine Pfeife.«

Kurze Zeit später trat Ratan dann ein und entfachte bereits mit aufgeblasenen Wangen den Tabak auf dem Pfeifenaufsatz. Der Postmeister nahm ihr den Aufsatz aus der Hand und fragte ganz unvermittelt: »Sag doch mal, Ratan, erinnerst du dich noch an deine Mutter?«

Das war eine lange Geschichte, einiges fiel ihr dazu ein und anderes nicht. Der Vater hatte sie mehr geliebt als die Mutter, an ihn erinnerte sie sich noch ein wenig. Nach anstrengender Arbeit war der Vater abends nach Hause gekommen, und ein, zwei dieser Abende hatten ein ganz klares Bild in ihrem Gedächtnis hinterlassen.

Im Laufe solcher Unterhaltungen setzte sich Ratan dann irgendwann zu Füßen des Postmeisters auf den Boden. Ihr fiel ein, daß sie einen kleinen Bruder gehabt hatte, und deutlicher als an andere, gewichtigere Geschehnisse erinnerte sie sich daran, wie sie beide zusammen an einem schon weit zurückliegenden Tag während der Regenzeit mit abgebrochenen Ästen Angeln gespielt hatten.

Bei solchen Gesprächen wurde es bisweilen ziemlich spät, und der Postmeister hatte aus Trägheit keine Lust mehr zu kochen. Doch oft war noch etwas von den vormittags gekochten Speisen übrig, und Ratan zündete schnell den Ofen an und buk einige Fladenbrote. So bestritten sie beide ihr Abendbrot.

In der Ecke des großen Schuppens, seinem Bürositz, kam der Postmeister Abend für Abend auch auf seine Familie zu sprechen. Er erzählte von seinem jüngeren Bruder, der Mutter und der großen Schwester – von allen, nach denen er sich in der Ferne sehnte. Und es erschien ihm überhaupt nicht unpassend, daß er alles, was ihn ständig bewegte, doch vor den Agenten der Indigomühle auch nicht andeutungsweise erwähnt werden durfte, hier vor einem ungebildeten kleinen Mädchen ausbreitete. Bald bezeichnete Ratan die Familienmitglieder des Postmeisters selbst als Mutter, Bruder und Schwester und hatte im Herzen ein Phantasiebild von ihnen geschaffen.

Eines wolkenlosen Mittags in der Regenzeit wehte ein warmer, sanfter Wind. Durch den Sonnenschein stieg aus dem nassen Gras und den Bäumen ein bestimmter Duft auf; es schien, als lege sich der warme Atem der müden Erde um den Körper – und irgendein unverbesserlicher Vogel zwitscherte den ganzen Mittag lang in äußerst traurigem Tonfall sein monotones Klagelied am Hof der Natur. Der Postmeister hatte nichts zu tun, und die Wellen der vom Regen gewaschenen, glatten, feinen Baumknospen und die sonnenbestrahlten Haufenwolken, Überreste der schon fast überwundenen Regenzeit, waren wahrlich der aufmerksamen Betrachtung würdig. Der Postmeister besah sich dieses Schauspiel und stellte sich vor, wie es wohl wäre, wenn er jetzt jemand sehr Nahestehenden bei sich hätte, einen geliebten Menschen, dem er im Herzen verbunden war. Nach einer Weile kam es ihm vor, als ob jener Vogel immer wieder eben davon erzählte und als ob auch das einsame Murmeln der Knospen im Schatten der Bäume an diesem versunkenen Mittag eben dies bedeutete. Keiner erfährt es oder würde es glauben, wenn er davon hörte, doch einem schlecht bezahlten Unterpostmeister in einem kleinen Dorf pflegen an den tiefen, stillen Mittagen der freien Tage häufig solche Gedanken durch den Kopf zu gehen.

Der Postmeister stieß einen langen Seufzer aus und rief: »Ratan!« Ratan saß gerade mit ausgestreckten Beinen unter einem Guavenbaum und aß dessen Früchte. Sowie sie die Stimme ihres Herren hörte, kam sie herbeigelaufen und fragte ganz außer Atem: »Dādābābu, hast du mich gerufen?« – »Ich werde dir nach und nach ein bißchen Lesen beibringen«, sagte der Postmeister und verbrachte den ganzen restlichen Mittag damit, ihr die Anfänge des bengalischen Alphabets vorzusagen. Auf diese Weise kamen sie schon bald zu den Konsonantenverbindungen.

Im Monat *śrābaṇ* regnete es ohne Unterlaß. Alle Bäche, Teiche und Kanäle füllten sich mit Wasser. Der Tag und die Nacht waren vom Quaken der Frösche und dem Geräusch des Regens erfüllt. Verkehr auf den Dorfstraßen gab es bald gar keinen mehr. Man mußte mit dem Boot zum Markt fahren.

Eines Tages war es vom Morgen an schon sehr bewölkt. Eine geraume Weile hatte die Schülerin des Postmeisters bereits an der Tür gewartet, doch als der Ruf, der an anderen Tagen sehr regelmäßig ertönte, ausblieb, trat sie von selbst mit ihren Heften langsam ins Zimmer. Sie fand den Postmeister auf seinem Bett liegen. In der Meinung, er ruhe sich aus, wollte sie leise das Zimmer wieder verlassen, doch plötzlich hörte sie ihren Namen rufen. Sie lief schnell zurück und fragte: »Dādābābu, hast du geschlafen?«

Der Postmeister sagte mit dünner Stimme: »Ich fühle mich nicht gesund. Leg mir doch mal die Hand auf die Stirn.«

In seinem so einsamen Exil spürte der Postmeister mitten in Zeiten des Monsuns das Bedürfnis nach etwas Pflege für seinen kränklichen Körper. Er erinnerte sich an die Berührung sanfter, von Armreifen gezierter Hände auf seiner erhitzten Stirn. Fern von Zuhause von Krankheit geplagt, stellte er sich vor, wie die liebende Frauengestalt der Mutter oder Schwester bei ihm säße. Und sein Wunsch blieb nicht unerfüllt. Ratan blieb nicht das Mädchen, das sie war, sondern machte sich von einem Moment zum anderen die Stellung einer Mutter zu eigen. Sie holte den Arzt, verabreichte dem Kranken regelmäßig seine Pillen, wachte die ganze Nacht am Krankenbett, kochte selbst alle Speisen und fragte sicher hundertmal nach, ob es ihrem Dādābābu schon etwas besser gehe.

Geraume Zeit später verließ der Postmeister, ausgemergelt, sein Lager. Das war genug, dachte er und beschloß, sich auf welche Art auch immer von hier versetzen zu lassen. Sogleich schrieb er unter Hinweis auf die schlechten örtlichen Gesundheitsbedingungen ein Versetzungsgesuch an die Behörde in Kalkutta.

Nachdem Ratan nun vom Krankendienst entbunden war, nahm sie wieder ihren Platz vor der Tür ein. Doch anders als bisher wurde jetzt nicht mehr nach ihr gerufen. Manchmal schielte sie durch die Tür und sah den Postmeister geistesabwesend auf seinem Bürostuhl sitzen oder auf dem Bett liegen. Während Ratan darauf hoffte, von ihm hereingerufen zu werden, erwartete er ungeduldig Antwort auf sein Gesuch. Vor der Tür sitzend las das Mädchen endlose Male ihre bisherigen Übungen durch, denn sie befürchtete, daß sie all ihre Konsonantenverbindungen durcheinanderbringen könnte, wenn sie endlich gerufen würde. Mehr als eine Woche verging, bevor abends schließlich der Ruf ertönte. Mit springendem Herzen trat Ratan ins Zimmer und fragte: »Dādābābu, du hast mich gerufen?«

»Ratan, morgen fahre ich«, sagte der Postmeister.

»Wohin, Dādābābu?« fragte Ratan.

»Nach Hause«, sagte der Postmeister.

»Und wann kommst du wieder?« fragte Ratan.

»Ich komme nicht mehr wieder«, sagte der Postmeister.

Ratan fragte nichts mehr. Der Postmeister erzählte ihr, daß er ein Versetzungsgesuch gestellt hatte und dieses abgelehnt worden war; er hatte darum seine Stelle gekündigt und kehre nach Hause zurück.

Lange sagte keiner ein Wort. Das Licht flackerte vor sich hin, und an einer Stelle sickerte Regenwasser durch das altersschwache Strohdach und tropfte auf einen Tonkrug.

Nach einer Weile stand Ratan auf und ging in die Küche, um Fladenbrot zu backen. Es ging ihr so flott von der Hand wie an anderen Tagen auch, und es werden ihr allerlei Gedanken durch den Kopf gegangen sein. Nachdem der Postmeister sein Mahl beendet hatte, fragte das Mädchen plötzlich: »Dādābābu, nimmst du mich mit zu dir nach Hause?«

Lachend sagte der Postmeister: »Wie soll denn das gehen?« Dem Mädchen zu erklären, aus welchen Gründen das unmöglich war, hielt er nicht für nötig.

Die ganze Nacht hindurch, im Traum wie im Wachen, hallte die lachende Stimme des Postmeisters im Ohr des Mädchens nach: »Wie soll denn das gehen?«

Als der Postmeister im Morgengrauen aufstand, sah er, daß sein Badewasser schon bereitstand. Er badete nicht in offenen Gewässern, sondern wusch sich im Haus, wie in Kalkutta üblich. Das Mädchen hatte aus irgendeinem Grund nicht fragen können, wann er abreisen wollte, und für den Fall, daß es nötig sein würde, noch spät in der Nacht vom Fluß sein Waschwasser geholt. Nachdem er sein Bad genommen hatte, rief er Ratan. Lautlos kam Ratan ins Zimmer und sah in Erwartung seiner Anweisungen stumm auf das Gesicht ihres Herrn. Der sprach: »Ratan, dem, der hier an meine Stelle tritt, werde ich sagen, daß er sich um dich kümmern soll wie ich. Du brauchst dir keine Sorgen zu machen, weil ich weggehe.« Es gibt keinen Zweifel, daß diese Worte aus einem liebevollen und mitleidigen Herzen kamen, doch die Gemüter der Frauen sind rätselhaft! Ratan hatte viele Spötteleien des Postmeisters still über sich ergehen lassen, doch diese sanften Worte konnte sie nicht ertragen. Tief aus ihrem Innersten brach sie in Tränen aus und rief: »Nein, nein, du brauchst niemandem etwas zu sagen. Ich will nicht hierbleiben!« Der Postmeister hatte Ratan noch nie so gesehen. Es verschlug es ihm die Sprache.

Der neue Postmeister traf ein. Sein Vorgänger erklärte ihm all seine Aufgaben und machte sich zur Abfahrt bereit. Beim Gehen rief er Ratan und sprach: »Ratan, nie habe ich dir etwas geben können. Heute zum Abschied will ich dir etwas schenken. Davon kannst du eine Weile leben.«

Abzüglich seines Reisegeldes zog er alles, was er verdient hatte, aus der Tasche. Da fiel Ratan vor ihm in den Staub, umfaßte seine Füße und sagte: »Dādābābu, ich falle dir zu Füßen: Du brauchst mir gar nichts zu geben. Ich falle dir zu Füßen: Um mich braucht sich niemand Sorgen zu machen!« Nach diesen Worten rannte sie davon.

Der ehemalige Postmeister seufzte; er nahm seine Taschen in die Hand, den Schirm auf die Schulter, lud dem Träger eine blau-weiß gestrichene Kiste auf den Kopf und ging langsam zum Schiff.

Als er an Bord gestiegen war und das Schiff ablegte und sobald der vom Regen angeschwollene Fluß wie der Tränenstrom der Erde zu seufzen begann, breitete sich eine tiefe Trauer in seinem Herzen aus. Und dieser riesige, weltumspannende Schmerz verdichtete sich in dem traurigen Gesicht eines gewöhnlichen Dorfmädchens. Er sehnte sich heftig danach, umzukehren und diese von der Natur verlassene Waise mitzunehmen. Doch der Wind hatte bereits die Segel aufgeblasen, die Strömung der Monsunfluten war stark, das Dorf war passiert und das Schiff bereits auf der Höhe des Totenverbrennungsplatzes am Flußufer angelangt – und das traurige Herz des Reisenden verfiel auf die Einsicht, daß es so viele Trennungen, so viele Tode im Leben gibt. Welchen Sinn also hätte es umzukehren? Trügerisch waren die weltlichen Bindungen!

Ratan dagegen kam zu keiner Einsicht. Sie lief nur wieder

und wieder um das Postamt herum und weinte unaufhörlich. Sie wird die leise Hoffnung gehabt haben, daß der Dādābābu zurückkehren würde, und konnte deshalb jenen Ort nicht verlassen. Ach, unverständiges menschliches Herz! Der Irrtum ist hartnäckig. Der Richterspruch der Vernunft erreicht den Kopf mit großer Verspätung, und man ignoriert selbst die stärksten Beweise und schließt die falsche Hoffnung gefesselt ins Herz. Irgendwann aber zerreißt die Hoffnung die Fäden, saugt uns das Herzblut aus und flieht. – Man kommt zu Bewußtsein und sehnt sich sogleich danach, der nächsten Enttäuschung anheimzufallen.

QUARTETT
Kurzroman

DER ONKEL

Ich war vom Lande nach Kalkutta gekommen und ins College eingetreten. Sachīsh bereitete sich in jener Zeit gerade auf seinen B.A. vor. Wir waren fast gleichaltrig.

Wenn man Sachīsh ansah, meinte man, einen Himmelskörper zu betrachten. Seine Augen flackerten, seine langen, schmalen Finger glichen Flammen, und die Tönung seiner Haut war weniger eine Farbe als vielmehr ein Glanz. Als ich Sachīsh sah, schien ich sofort in sein Innerstes blicken zu können, und darum liebte ich ihn vom ersten Moment an.

Seltsam aber war, daß viele von Sachīshs Mitstudenten ihm mit scharfer Böswilligkeit begegneten. In Wahrheit ist es doch so, daß Herdenmenschen nicht ohne Grund mit ihresgleichen in Konflikt geraten. Wenn aber das leuchtende innere Wesen eines Menschen die Dumpfheit seiner Umgebung zerreißt und sich offenbart, dann verehrt es der eine unwillkürlich aus ganzem Herzen, während der andere es ebenso unwillkürlich abgrundtief verachtet.

Die Jungen in meinem Wohnheim hatten schnell begriffen, daß ich Sachīsh anbetete. Das war ihnen ständig ein Dorn im Auge. So verging kein Tag, ohne daß sie mir schlimme Dinge über Sachīsh erzählten. Ich wußte, daß man an Wunden nicht kratzen soll und es besser ist, auf rüde Bemerkungen nicht zu antworten. Aber eines Tages wurden solche Niederträchtigkeiten über Sachīshs Charakter behauptet, daß ich nicht mehr an mich halten konnte.

Mein Problem war, daß ich Sachīsh noch nicht kannte. Die

anderen waren entweder seine Nachbarn oder standen in einer anderen Beziehung zu ihm. Sie behaupteten hartnäckig, die reine Wahrheit zu sprechen; ich erwiderte noch hartnäckiger, daß ich kein Quentchen davon glaubte. Daraufhin krempelten alle im Wohnheim die Ärmel hoch und schimpften mich einen ganz gemeinen Menschen.

In jener Nacht im Bett mußte ich weinen. Als Sachīsh am nächsten Tag in einer Unterrichtspause zurückgelehnt an einem schattigen Platz am Teich ein Buch las, ging ich zu ihm und redete, ohne mich vorzustellen, allerlei sinnloses Zeug. Sachīsh ließ das Buch sinken und schaute mir eine Weile ins Gesicht. Keiner, der ihn nicht gesehen hat, kann die Art dieses Blickes ermessen.

Sachīsh sagte: »Wer lästert, tut es um des Lästerns willen und nicht, weil er die Wahrheit liebt. Und was nutzt es dann schon, die Unwahrheit einer solchen Lästerei beweisen zu wollen?«

»Aber sehen Sie, Lügner muß …«, begann ich.

Sachīsh winkte ab: »Sie sind doch keine Lügner. In unserem Viertel gibt es einen Ölpresserjungen, dem wegen einer Lähmung die Arme und Beine zittern. Er kann nicht arbeiten. Im Winter hatte ich ihm eine teure Decke geschenkt. An jenem Tag kam mein Diener Shibu wutschnaubend zu mir gelaufen und sagte: ›Bābu, das Gezittere von dem Bengel ist alles nur Getue!‹ Wer es nicht wahrhaben will, daß in mir etwas Gutes steckt, ist in derselben Lage wie jener Shibu. Sie glauben tatsächlich, was sie sagen. Das Schicksal hat mir eine überzählige teure Decke zugeteilt, und die Shibus dieses Landes haben beschlossen, daß ich kein Anrecht auf sie habe. Ich schäme mich, darüber mit ihnen zu streiten.«

Ohne ihm zu antworten, platzte ich heraus: »Sie sagen, daß Sie ein Atheist seien. Stimmt das?«

Sachīsh sagte: »Ja, ich bin Atheist.« Ich senkte meinen Kopf. Ich hatte im Streit mit den Leuten vom Wohnheim behauptet, daß Sachīsh nie im Leben ein Atheist sein könne.

Schon zu Beginn hatte ich also, was Sachīsh betraf, zwei ordentliche Schläge einstecken müssen. Gleich auf den ersten Blick hatte ich ihn für einen Brahmanensohn gehalten. Sein Gesicht war einem Götterbild gleich, wie aus weißem Stein gemeißelt. Sein Nachname war Mallik, und in unserem Dorf gab es ein Haus hoher Brahmanen mit diesem Namen. Doch ich erfuhr, daß Sachīsh aus der Kaste der Goldschmiede kam. Wir waren ehrenwerte *kāyasthas*, und als Kaste verachteten wir die Goldschmiede tief. Atheisten hielten wir für sündiger als Mörder und sogar als Rindfleischesser.

Ich sagte gar nichts und blickte nur stumm in Sachīshs Gesicht. Noch immer sah ich in seinem Gesicht diesen Glanz, als brenne in seinem Inneren ein geweihtes Licht.

Niemand hätte ahnen können, daß ich in diesem oder einem anderen Leben mit einem Goldschmied gemeinsam essen würde und daß mein Glaube an die reine Lehre des Atheismus noch den meines Lehrers übersteigen könnte. Selbst dazu sollte es im Laufe der Zeit kommen.

An unserem College gab es einen Literaturprofessor namens Wilkins. Seine Gelehrsamkeit hielt sich die Waage mit seiner Verachtung für die Studenten. Nach seiner Auffassung war es niederste Knechtsarbeit, bengalische Jungen des hiesigen College Literatur zu lehren. Wenn eigentlich Milton oder Shakespeare behandelt werden sollten, zog er es deshalb vor, uns beispielsweise das Wort Katze mit dem Ausdruck »Vierbeiner von der Spezies der Felidae« zu erklären. Sachīsh allein war von der Pflicht des Mitschreibens ausgenommen. »Sachīsh«, pflegte Wilkins zu sagen, »den Schaden, der dir dadurch entsteht, daß du in dieser Klasse sitzen mußt, werde ich wiedergutmachen. Komm mal zu mir nach Hause, damit sich deine Geschmacksnerven wieder erholen können.«

Wütend sagten die anderen, die Gründe dafür, daß der Sāhib von Sachīsh so angetan war, seien zum einen seine helle Hautfarbe und zum anderen, daß er sich mit seinem Atheistentum hervortue, um beim Sāhib aufzufallen. Ein paar ganz

Schlaue unter ihnen waren dreist zum Sāhib gegangen, um sich Bücher über den Positivismus auszuleihen. Doch der hatte gesagt, daß sie das ohnehin nicht verstehen würden. Daß sie sogar der Diskussion über Atheismus für unwürdig befunden wurden, brachte sie nur zusätzlich gegen den Atheismus und Sachīsh auf.

2

Was an Sachīshs Meinungen und Lebenswandel anstößig erschien, habe ich hier gesammelt und aufgeschrieben. Manches davon war geschehen, bevor ich ihn kennenlernte, manches danach.

Sachīsh hatte einen Onkel namens Jagamohan. Er war ein berühmter Atheist jener Tage. Er glaubte nicht nur persönlich nicht an Gott; er glaubte vielmehr an die Gottlosigkeit schlechthin. Der Kapitän eines Kriegsschiffes soll nicht nur Schiffe steuern, sondern vor allem sie auch versenken können. Ebenso war es Jagamohans heilige Pflicht, den Theismus zu versenken, wann immer sich die Gelegenheit dazu bot. Mit Gottesgläubigen stritt er in folgender Weise: »Wenn Gott existiert, dann habe ich meinen Verstand von ihm bekommen. Dieser Verstand sagt, daß Gott nicht existiert. Also behauptet Gott, daß Gott nicht existiert. Und trotzdem sagt ihr ihm ins Gesicht, daß Gott existiert. Zur Strafe für dieses Vergehen werden euch die 330 Millionen Götter eures Pantheons beide Ohren langziehen.«

Jagamohan war im Kindesalter verheiratet worden. Noch bevor seine Frau starb, hatte er Malthus' Enthaltsamkeitstheorien studiert, und er heiratete nicht wieder.

Sein jüngerer Bruder Harimohan war Sachīshs Vater. Sein Wesen war dem seines Bruders so sehr entgegengesetzt, daß niemand es recht glauben konnte, wenn man es beschreiben wollte. Doch während sich erfundene Geschichten auf ihrer

Jagd nach dem Vertrauen der Leute vorsichtig bewegen müssen, unterliegt Wahrheit keinen derartigen Pflichten und fürchtet sich folglich nicht vor dem Seltsamen. Daher gibt es keinen Mangel an Beispielen für Brüderpaare, die so wenig miteinander gemein haben wie der Morgen mit dem Abend.

Harimohan war ein kränkliches Kind gewesen. Mit Amuletten, glücksbringenden Riten, aus den Haarfransen eines Asketen gewrungenem Wasser, dem Staub bestimmter heiliger Orte, Speise und Fußstaub verschiedener lebendiger Götterbilder und dem für teures Geld erkauften Segen von Gurus und Tempelpriestern hatte man ihn gleichsam in eine Burg eingeschlossen, um jegliches Übel von ihm abzuhalten.

Im Erwachsenenalter hatte er keine Leiden mehr, doch die Vorstellung von seiner Anfälligkeit ließ sich nicht mehr aus der Welt schaffen. Keiner verlangte mehr von ihm, als zu seinem Überleben nötig war. In dieser Beziehung enttäuschte er auch niemanden: Er lebte munter weiter, und mit beständigen Hinweisen auf seinen ach so zerrütteten Körper hielt er alle in Spannung. Der frühe Tod des Vaters war der Anlaß, der alle Sorgen und alle Pflege der Mutter und Tanten auf ihn zog. Er aß als erster, und sein Essen wurde separat zubereitet; er arbeitete am wenigsten und ruhte am meisten. Niemals vergaß er, daß er die besondere Fürsorge nicht nur der Mutter und Tanten, sondern aller Gottheiten der drei Welten genoß. Und nicht nur sie, alle Menschen auf der Welt achtete er in ebendem Maße, in dem er von ihnen Annehmlichkeiten erwarten konnte: Den örtlichen Polizeivorsteher, den reichen Nachbarn, den hochrangigen Regierungsvertreter, den Zeitungsherausgeber, alle fürchtete und verehrte er in jeweils gebotener Weise, von Kühen und Brahmanen ganz zu schweigen.

Jagamohan fürchtete das genaue Gegenteil. Um den Verdacht zu vermeiden, von jemandem eine noch so geringe Annehmlichkeit zu erwarten, hielt er sich von mächtigen Personen fern. Dieselbe Haltung äußerte sich in seiner Ablehnung des Götterglaubens: Er lehnte es ab, vor irgendeiner weltlichen oder überweltlichen Macht die Hände zu falten.

Zur rechten Zeit – und das heißt natürlich lange vor der rechten Zeit – fand Harimohans Hochzeit statt. Nach drei Mädchen und drei Söhnen wurde Sachīsh geboren. Alle sagten, er sehe seinem Onkel erstaunlich ähnlich. Jagamohan machte auch gleich seine Anrechte auf ihn geltend, als wäre er sein eigener Sohn.

Harimohan errechnete den kleinen Gewinn, den das für ihn bedeutete, und war zunächst ganz zufrieden damit. Denn Jagamohan hatte selbst Sachīshs Erziehung übernommen und war berühmt als ein ungewöhnlicher Meister des Englischen. Manche nannten ihn den bengalischen Macaulay, andere den bengalischen Johnson. Englische Bücher umgaben ihn wie ein Schneckenhaus. Wie die Spur der Kiesel den Lauf eines Gebirgsbaches anzeigt, erkannte man seinen Wohnbereich im Hause anhand der vom Boden bis zu den Deckenbalken reichenden englischen Bücher.

Harimohan hatte seinen ältesten Sohn Purandar mit zärtlicher Zuneigung verhätschelt. Was Purandar wollte, tat sein Vater für ihn. Er hatte gewissermaßen stets feuchte Augen in Anwesenheit des Kindes. Es schien ihm, Purandar würde es nicht überleben, wenn man ihm etwas verwehrte. Lernen mußte er gar nichts; er wurde sehr früh verheiratet, und niemand konnte ihn in den Grenzen dieser Ehe halten. Harimohans Schwiegertochter beschwerte sich leidenschaftlich darüber, und Harimohans Wut entlud sich dann in dem Vorwurf, nur ihre Aufsässigkeit treibe seinen Jungen dazu, sich anderswo Trost zu suchen. Jagamohan ließ Sachīsh nicht im geringsten von sich abrücken, um ihn bei all diesen Geschehnissen vor den Gefahren der väterlichen Liebe zu bewahren. Schon in jungen Jahren wurde Sachīsh zusehends gewandt in der englischen Sprache. Doch nicht genug damit: Die Feuersbrunst von Mill und Bentham erfaßte sein Denken, und er begann, wie eine Fackel des Atheismus zu brennen.

Jagamohan ging mit Sachīsh um, als sei er ein Gleichaltriger. Dem Lehrer Verehrung entgegenzubringen, hielt er für eine verlogene Tradition, durch die der menschliche Geist an die Sklaverei gewöhnt worden sei. Irgendein neuer Schwiegersohn des Hauses hatte ihm einen Brief mit der geläufigen Anrede »zu Ihren ehrenwerten Füßen« geschrieben. Jagamohan belehrte ihn in der folgenden Weise:

»Mein lieber Naren, weder Du noch ich wissen, was man damit ausdrücken will, wenn man die Füße ehrenwert nennt. Insofern ist es Unsinn. Des weiteren hast Du meinen Füßen etwas dargebracht, mich dabei aber vollständig übergangen. Du solltest wissen, daß meine Füße einen Teil von mir darstellen und daß man sie, solange sie mit mir verbunden sind, nicht als getrennt von mir ansehen kann. Außerdem sind sie weder Hand noch Ohr; ihnen etwas darzubringen ist Idiotie. Und schließlich kann es wohl sein, daß man durch den Gebrauch des Plurals anstelle des Duals in bezug auf meine Füße Verehrung ausdrückt, da Euch ja der eine oder andere Vierfüßler verehrungswürdig scheint. Dennoch meine ich, daß es mir ansteht, Deine Unwissenheit bezüglich meiner biologischen Eigenschaften zu korrigieren.«

Mit Sachīsh erörterte Jagamohan all jene Dinge, die die Leute normalerweise verschweigen. Wenn jemand dagegen Einwände hatte, dann sagte er: »Die Hornisse kann man nur vertreiben, wenn man ihr Nest zerstört. Genauso kann man den Grund der Verschämtheit nur dann ausmerzen, wenn man die Verschämtheit in all diesen Dingen zerstört. Ich habe das Nest der Verschämtheit in Sachīshs Kopf zerstört.«

3

Sachīshs Lehrzeit war beendet. Harimohan setzte nun alles daran, Sachīsh aus den Händen seines Onkels zurückzuerlangen. Doch der Fisch hatte den Köder geschluckt, und der Haken hatte sich festgesetzt – je stärker man von der einen Seite zog, desto unauflöslicher wurde die Bindung auf der anderen. Harimohan begann, dem Bruder deshalb mehr als dem Sohn zu zürnen, und überzog das Viertel mit den wüstesten Beschuldigungen gegen ihn.

Wäre es nur um Meinungs- und Glaubensfragen gegangen, hätte Harimohan nichts einzuwenden gehabt; er hätte es hingenommen, wenn man das Hühnerfleisch, das man aß, vor anderen für einen Ziegenbock ausgegeben hätte. Doch sie waren so weit gegangen, daß ihnen auch mit Lügen nicht mehr zu helfen war. Vom größten Stein des Anstoßes will ich jetzt erzählen.

Eines der Hauptanliegen von Jagamohans Atheismus war es, den Leuten Gutes zu tun. Das entscheidende Vergnügen an diesem Tun lag darin, daß einem Atheisten solche Wohltätigkeit außer persönlichem Verlust nichts bedeuten konnte. Gutes zu tun ergab weder religiöses Verdienst noch einen materiellen Vorteil noch hatte es die Gratifikationen oder die Bedrohungen einer Gottheit oder religiösen Schrift zur Folge. Wenn ihn jemand fragte, was für ein persönliches Interesse er denn am größten Nutzen für die größte Zahl habe, antwortete er: »Ich habe kein persönliches Interesse, und genau das ist mein größtes Interesse.« Zu Sachīsh sagte er: »Sieh, mein Lieber, wir sind Atheisten, und unser Stolz darauf gebietet uns, absolut tadellos und rein zu sein. Eben weil wir an nichts glauben, haben wir mehr Kraft, an uns selbst zu glauben.«

Sein wichtigster Schüler in Sachen »größter Nutzen für die größte Zahl« war Sachīsh. Im Viertel gab es einige große Lederwarenlager. Mit den dortigen muslimischen Händlern und *cāmārs* hatten Onkel und Neffe eine so enge soziale Aufbauarbeit begonnen, daß Harimohans heilige Stirnmale glühten und seinen Kopf gleichsam in Flammen aufgehen ließen. Er wußte, daß er mit Appellen an die Schriften oder Bräuche beim Bruder genau das Gegenteil des Erwünschten erreichen würde, darum warf er ihm vor, er treibe Mißbrauch mit dem väterlichen Vermögen. Jagamohan entgegnete: »Lassen wir den Umfang meiner Ausgaben erst einmal bis zur Summe dessen steigen, was du für fettwänstige Tempel- und Wallfahrtspriester ausgegeben hast; dann wollen wir einen Kompromiß schließen.«

Eines Tages sahen die Leute des Hauses, daß auf der Seite, wo Jagamohan wohnte, Vorbereitungen für ein riesiges Festmahl getroffen wurden. Die Köche und Servierer waren alle Muslime. Harimohan, außer sich vor Wut, rief Sachīsh herbei: »Du willst doch wohl nicht deine ganzen *cāmār*-Freunde einladen und in diesem Hause bewirten?«

Sachīsh sagte: »Wenn ich die Mittel hätte, würde ich das tun, aber ich besitze ja kein Geld. Der Onkel hat sie eingeladen.«

Purandar lief aufgebracht hin und her und rief: »Das wollen wir erst einmal sehen, ob die hier hereinkommen und essen!«

Als Harimohan dem Bruder seine Einwände mitteilte, sagte Jagamohan: »Du verköstigst dein Götterbild täglich, und ich verliere kein Wort darüber. Einmal nun will ich auch mein Götterbild bewirten. Störe mich nicht dabei.«

»Dein Götterbild?«

»Ja, mein Götterbild.«

»Bist du zu einem Anhänger des Brāhmo Samāj geworden?«

»Die Brāhmos glauben an den gestaltlosen Gott, den man nicht sehen kann. Ihr glaubt an einen Gott, der zwar gestalthaft ist, den man aber nicht hören kann. Wir jedoch glauben an das Lebendige, das kann man mit den Augen sehen und mit den Ohren hören – man kann gar nicht anders, als an es zu glauben.«

»Sind deine *cāmārs* und Muslime hier Gottheiten?«

»Ja, diese *cāmārs* und Muslime sind meine Gottheiten. Mit eigenen Augen wirst du eine ihrer erstaunlichen Fähigkeiten schauen können: Wenn man ihnen etwas zu essen vorsetzt, befördern sie es ohne weiteres mit der Hand in den Mund. Zu so etwas ist keine deiner Gottheiten in der Lage. Ich liebe es, dieses erstaunliche Wunder zu sehen, deshalb habe ich meine Gottheit in mein Haus eingeladen. Wenn dein Blick für Gottheiten nicht so gänzlich getrübt wäre, dann hättest auch du deine Freude daran.«

Purandar ging zu seinem Onkel, sagte verschiedene Garstigkeiten in hitzigem Ton und kündigte an, daß er heute ein fürchterliches Unheil anrichten werde.

Jagamohan sagte lachend: »Oho, du Schlingel, wenn du versuchst, Hand an meine Gottheiten zu legen, dann wirst du merken, wie groß und lebendig sie sind; ich brauche gar keinen Finger zu rühren.«

Purandar mochte sich noch so sehr aufblasen, in Wirklichkeit war er noch ängstlicher als sein Vater. Seine Stärke waren allein die Flausen in seinem Kopf. Er brachte den Mut nicht auf, seine muslimischen Nachbarn zu provozieren; statt dessen kam er zu Sachīsh und beschimpfte ihn. Sachīsh richtete lediglich seine zwei eindrucksvollen Augen auf das Gesicht des Bruders und sah ihn an, ohne einen Ton zu sagen. Die Mahlzeit an jenem Tag verlief ohne Hindernisse.

4

Nun geriet Harimohan ernsthaft in Zwist mit dem Bruder. Die finanzielle Basis, aus der sie ihren Lebensunterhalt bezogen, war eine Tempelstiftung. Jagamohan war ungläubig, übertrat die Verhaltensnormen und war deshalb unwürdig, Nutznießer einer solchen Stiftung zu sein – mit diesen Gründen erhob Harimohan Klage beim Bezirksgericht. Es gab keinen Mangel an gewichtigen Zeugen, das ganze Viertel fand sich zur Aussage bereit.

Es brauchte nicht übermäßig viel getrickst zu werden. Vor Gericht gab Jagamohan unverblümt zu, daß er nicht an Götter und Göttinnen glaubte, nicht zwischen erlaubten und verbotenen Speisen unterschied, nicht wußte, aus welchem Körperteil des Schöpfergottes Brahmā die Muslime hervorgegangen waren, und auch nichts gegen eine Tischgemeinschaft mit ihnen einzuwenden hatte.

Der Richter befand Jagamohan für unwürdig, die Position eines Tempelpriesters zu bekleiden. Die Juristen von Jagamohans Seite machten ihm Hoffnung, daß dieses Urteil vor dem Obersten Gericht keinen Bestand haben würde, doch Jagamohan sagte: »Ich werde keine Berufung einlegen. Selbst wenn ich nicht an Götter glaube, kann ich sie deshalb noch lange nicht übers Ohr hauen. Götter zu betrügen entspricht eher den Moralvorstellungen derer, die den Verstand besitzen, an Götter zu glauben.«

Die Freunde fragten ihn, wovon er denn leben wolle.

»Wenn ich nichts zu schlucken bekomme, muß ich mich wohl verschlucken!« antwortete Jagamohan.

Harimohan wollte nicht viel Aufhebens um diesen Prozeßgewinn machen. Er hatte Angst vor den möglichen bösen Folgen einer Verwünschung durch den Bruder. Purandar aber wurde noch immer verzehrt von dem Gedanken, daß er die *cāmārs* nicht aus dem Haus hatte jagen können. Man hatte mit eigenen Augen gesehen, wessen Gottheiten lebendiger waren. Deshalb ließ Purandar Trommler kommen, die umherzogen und vom Morgengrauen an das ganze Viertel mit Lärm erfüllten. Jagamohan hatte Besuch von einem Freund bekommen, der von alledem nichts wußte und ihn fragte, was denn da los sei. Jagamohan sagte: »Heute wird mein Götterbild mit allem Pomp im Wasser versenkt, deshalb diese Musik.« Zwei Tage lang veranstaltete Purandar aus eigener Initiative eine Speisung der Brahmanen, und alle begannen, ihn zum leuchtenden Fackelträger dieser Familie zu erklären.

Das Kalkuttaner Anwesen wurde zwischen den zwei Brüdern aufgeteilt und in der Mitte eine Mauer errichtet.

Harimohan hegte eine gewisse Bewunderung für die menschliche Art, da sie – die religiösen Belange einmal dahingestellt – zumindest in bezug auf praktische Dinge wie Essen, Kleidung und Geld mit einem gesunden Verstand ausgerüstet war. So hatte er angenommen, daß sein Sohn, durch den Essensgeruch angelockt, den verarmten Jagamohan verlassen und in seinen güldenen Käfig zurückkehren würde. Aber Sachīsh bewies, daß er weder den religiösen noch den praktischen Verstand seines Vaters geerbt hatte. Er blieb bei seinem Onkel.

Jagamohan war es schon lange zur Gewohnheit geworden, Sachīsh ganz und gar als ihm zugehörig zu betrachten. Daher schien es ihm nicht verwunderlich, als Sachīsh am Tag der Aufteilung auf seiner Seite blieb.

Aber Harimohan kannte seinen Bruder bestens. Er begann, das Gerücht zu verbreiten, daß Jagamohan plane, Sachīsh festzuhalten und dadurch seinen eigenen Lebensunterhalt zu sichern. Er spielte den Gutherzigen, zu Tränen Gerührten und erzählte überall: »Wie könnte ich den Bruder darben lassen? Aber das teuflische Spiel, das er mit meinem Jungen treibt, werde ich um keinen Preis dulden. Wir werden sehen, wie schlau er ist!«

Als dieses Gerücht von Mund zu Mund wanderte und Jagamohan endlich zu Ohren kam, traf es ihn wie ein Schlag. Er schalt sich für seine Naivität, die ihn auf solche Dinge nicht hatte gefaßt sein lassen. »Good bye, Sachīsh«, sagte er zu seinem Neffen.

Sachīsh verstand, daß die Kränkung, welche Jagamohan dieses Abschiedswort sprechen ließ, keine Widerrede vertrug. Heute mußte er sich aus einer achtzehnjährigen, seit seiner Geburt ununterbrochenen Verbindung lösen.

Nachdem Sachīsh seine Kisten und sein Bettzeug auf das Dach des Wagens gepackt und von ihm gegangen war, schloß Jagamohan die Tür und legte sich auf den Fußboden seines Zimmers. Es wurde Abend, und sein alter Diener klopfte, um Licht ins Zimmer zu bringen, doch er reagierte nicht.

O weh, das größte Glück der größten Anzahl! Die Kalkulationen der Wissenschaft haben keine Macht über die Menschen. Der Mensch, der in der Pro-Kopf-Rechnung nur als einer zählt, steht im Herzen jenseits jeder Zählung. Sachīsh gehörte nicht in die Schubladen der Einser, Zweier oder Dreier. Er zerriß Jagamohans Brust und überdeckte seine ganze Welt mit kalter Unendlichkeit.

Jagamohan fragte nicht einmal, weshalb Sachīsh einen Wagen hatte kommen lassen und ihn mit seinen Dingen belud. Sachīsh kehrte nicht etwa in den Teil des Hauses zurück, in dem sein Vater wohnte, er stieg im Wohnheim eines Freundes ab. Immer wieder vergoß Harimohan Tränen bei dem Gedanken, daß einem der eigene Sohn so fremd werden könne. Er hatte ein sehr weiches Herz.

Nachdem das Haus geteilt worden war, bestand Purandar darauf, in Harimohans Teil ein Götterbild einzuweihen. Er tanzte vor Vergnügen bei der Vorstellung, wie Jagamohan jeden Morgen und Abend beim Lärm der geblasenen Schnekkenhörner und der geschlagenen Glocken Hören und Sehen vergehen würde.

Sachīsh begann, Nachhilfestunden zu geben, und Jagamohan besorgte sich eine Stelle als Rektor einer Grundschule. Harimohan und Purandar ihrerseits bemühten sich, die Jungen aus gutem Hause vor den Fängen dieses gottlosen Lehrers zu bewahren.

5

Einige Zeit später stand Sachīsh plötzlich in Jagamohans Studierzimmer im ersten Stock. Unter den beiden gab es keine Begrüßungsformalitäten. Jagamohan umarmte Sachīsh und bat ihn, sich auf einen Schemel zu setzen. Er fragte: »Was gibt's Neues?«

Es gab in der Tat eine besondere Neuigkeit.

Ein Mädchen namens Nanibālā war zusammen mit ihrer

verwitweten Mutter im Hause ihres Onkels untergekommen. Solange die Mutter lebte, hatte alles zum besten gestanden. Doch kürzlich war die Mutter gestorben, und die Cousins erwiesen sich als charakterlos und bösartig. Es war denn auch einer ihrer Freunde, der Nanibālā aus dem Haus entführte und sie mit sich nahm. Schon sehr bald begann er, Nanibālā der Untreue zu bezichtigen und sie in seiner Eifersucht über alle Maßen zu kränken. Dies geschah im Nachbarhaus jenes Hauses, in dem Sachīsh Nachhilfe gab. Sachīsh wollte diesem unglücklichen Mädchen helfen, doch er besaß weder Geld noch eine eigene Wohnung, deshalb war er zum Onkel gekommen. Außerdem erwartete das Mädchen ein Kind.

Jagamohan war sogleich außer sich vor Zorn. Wäre der Mann zur Stelle gewesen, er hätte ihm sofort den Kopf abgerissen. Er gehörte nicht zu denen, die solche Dinge in Ruhe von allen Seiten her durchdenken, und unvermittelt schoß es aus ihm heraus: »Also gut, mein Bibliothekszimmer ist frei. Dort können sie wohnen.«

»Die Bibliothek? Aber was ist mit den Büchern?« fragte Sachīsh verwundert.

Solange Jagamohan ohne Arbeit gewesen war, hatte er sich durch den allmählichen Verkauf seiner Bücher über Wasser gehalten. Die wenigen Bände, die jetzt noch übrig waren, würden im Schlafzimmer Platz finden.

»Bring das Mädchen sofort her«, sagte Jagamohan.

»Ich habe sie schon mitgebracht, sie sitzt unten im Zimmer«, erwiderte Sachīsh.

Unten angekommen, sah Jagamohan das Mädchen zusammengekauert wie ein Stoffbündel in einer Ecke des Zimmers neben der Treppe auf dem Fußboden sitzen.

Jagamohan lief wie ein Wirbelwind ins Zimmer und sprach mit seiner tiefen, donnernden Stimme: »Komm, meine Liebe, komm. Was sitzt du da im Staub?«

Das Mädchen preßte den Zipfel ihres Saris ins Gesicht und begann schluchzend zu weinen.

Jagamohan ließ sich nicht leicht zu Tränen rühren, aber jetzt wurden selbst ihm die Augen feucht. Er sagte zu Sachīsh: »Die Scham, die dieses Mädchen heute empfindet, Sachīsh, ist meine Scham und deine Scham. Ach, wer hat ihr nur eine solche Last aufgebürdet!«

An das Mädchen gewandt fuhr er fort: »Meine Liebe, bei mir ist deine Scham ganz fehl am Platz – mich nannten die Jungen in meiner Schule den verrückten Jagāi, und der bin ich noch heute.« Jagamohan faßte unbefangen ihre Hände und forderte sie auf, sich zu erheben. Ihr Sarizipfel rutschte von ihrem Kopf.

Sie hatte ein ganz feines, zartes Gesicht; sie war sehr jung, und keine Spur von der Schande war in ihrem Gesicht geblieben. Wie die innere Makellosigkeit einer Blume auch durch Staub nicht berührt wird, hatte die anmutige Reinheit dieses Mädchens, das einer Blüte des Regenbaums glich, keinen Schaden genommen. In ihren schwarzen Augen lag die Angst eines verletzten Rehs, und ihr zarter Körper war von schamhaftem Zögern durchdrungen, aber ihr freimütiger Kummer zeigte kein Stigma.

Jagamohan nahm Nanibālā mit in sein oberes Zimmer und sagte: »Meine Liebe, sieh den Glanz meines Heimes. Seit sieben Geburten ist hier kein Besen berührt worden; alles ist durcheinander; und für mich gibt es keinerlei Regel, wann ich esse und bade. Jetzt, da du gekommen bist, wird der Glanz in mein Haus zurückkehren, und auch der verrückte Jagāi wird wieder leben wie ein Mensch.«

Was ein Mensch einem anderen bedeuten kann, hatte Nanibālā bisher nicht erfahren, auch nicht, als ihre Mutter noch lebte. Denn die Mutter hatte sie nicht einfach als Tochter gesehen, sondern als Halbwaise, und diese Beziehung war wie ein Pfad, der mit kleinen Stacheln der Sorge und Furcht übersät war. Jagamohan aber durchdrang, obwohl er sie nicht kannte, auf rätselhafte Weise sogleich die äußere Hülle all ihrer guten und schlechten Seiten und nahm sie vorbehaltlos auf.

Jagamohan stellte eine alte Hausdienerin ein und ließ bei Nanibālā keinerlei Schüchternheit zu. Nanis größte Sorge war, ob Jagamohan das von ihr zubereitete Essen auch anrühren würde, da sie ja eine Gefallene war. Doch im Gegenteil wollte Jagamohan nichts mehr essen, was sie nicht zubereitet hatte. Er aß nur noch unter der Bedingung, daß sie kochte, bei Tisch neben ihm saß und ihm die Speisen auf den Teller legte.

Jagamohan wußte, daß ihm nun eine neue Runde der Verwünschungen bevorstand. Auch Nani begriff das und ängstigte sich über alle Maßen. Es begann schon nach drei, vier Tagen. Die Dienerin hatte zunächst angenommen, Nani sei Jagamohans Tochter. Als sie die Wahrheit eines Tages herausfand, machte sie Nani allerlei unsägliche Vorhaltungen, kündigte haßerfüllt ihre Stellung auf und verschwand. Nani wurde bleich, als sie sich Jagamohans Reaktion darauf ausmalte. Der aber sagte nur: »Meine Liebe, in meinem Hause ist der Vollmond aufgegangen, deshalb schicken die Neider nun ihre Flutwächter. Doch ganz gleich, wie hoch die Wellen schlagen, mein Licht werden sie nicht trüben können.«

Eine Tante von Jagamohan kam von Harimohans Hausflügel herüber und sprach: »Pfui, Jagāi, was machst du da für Sachen? Jag die Sünde davon!«

»Ihr seid religiös, ihr könnt so etwas sagen«, erwiderte Jagamohan. »Doch was soll aus der Sünderin werden, wenn ich die Sünde davonjage?«

Dann kam eine Großtante und sagte: »Schick das Mädchen ins Krankenhaus, Harimohan ist bereit, sämtliche Kosten zu tragen.«

»Sie ist doch eine Mutter!« gab Jagamohan zurück. »Nur weil das Geld dafür bereitsteht, soll ich eine Mutter grundlos ins Krankenhaus schicken? Was stellt sich Harimohan eigentlich vor?«

Die Großtante legte erstaunt die Hand an die Wange: »Wen nennst du da Mutter?«

Jagamohan antwortete: »Die in ihrem Leib ein Wesen empfängt und unter Lebensgefahr ein Kind gebiert. Der ehrlose Vater des Kindes dagegen ist für mich kein Vater. Dieser Lümmel stürzt nur andere in Gefahr, während er selbst sich in Sicherheit gebracht hat.«

Harimohan trieb der Haß gleichsam den Schaum vor den Mund. Wie konnte man es hinnehmen, daß hier ein entehrtes Mädchen einfach so wohnte – vom Haus eines ehrbaren Familienoberhauptes nur durch eine Mauer getrennt und innerhalb des väterlichen Anwesens?

Harimohan gelangte ohne langes Zögern zu der Überzeugung, daß Sachīsh mit dieser Sünde verquickt sei und sein atheistischer Onkel ihn darin gewähren lasse. In seiner Erregung begann er, dies überall zu verbreiten.

Jagamohan unternahm nicht das Geringste, um den falschen Anschuldigungen Einhalt zu gebieten. »In den Gesetzbüchern unserer atheistischen Religion«, so sagte er, »stehen für gute Taten die Höllenqualen des Rufmordes.« Je mehr sich das Gerücht in immer neuen Farben und Formen entfaltete, desto lauter lachte er zusammen mit Sachīsh. Weder Harimohan noch sonst irgendein Mitglied der besseren Klassen hatte jemals von solch unerhörtem Benehmen gegenüber dem eigenen Neffen in einer derart häßlichen Angelegenheit gehört.

Seit der Teilung hatte Purandar nicht einmal mit seinem Schatten Jagamohans Teil des Hauses berührt. Jetzt aber schwor er, daß er erst Ruhe geben wollte, wenn er das Mädchen aus dem Viertel vertrieben hätte.

Wenn Jagamohan zur Schule ging, verschloß er sorgfältig alle möglichen Eingänge zu seinem Haus, und bot sich die Gelegenheit zu einer kurzen Pause, so kam er zwischendurch vorbei, um nach dem Rechten zu sehen.

Eines Tages stellte Purandar eine Leiter an die Mauer, die das Hausdach in zwei Hälften trennte, und sprang auf Jagamohans Seite hinunter. Nanibālā hatte gegessen und schlief in ihrem Zimmer. Die Tür stand offen.

Als Purandar ins Zimmer kam und die schlafende Nani erblickte, erfaßte ihn eine Mischung aus Erstaunen und Wut, und er brüllte: »Ach so ist das! Hier bist du also!«

Nani schreckte aus dem Schlaf auf, und Purandars Anblick ließ sie erbleichen. Sie hatte weder die Kraft zu fliehen noch auch nur ein Wort zu sagen. Zitternd vor Wut rief Purandar: »Nani!«

In diesem Moment kam Jagamohan von hinten ins Haus und schrie: »Raus! Raus aus meinem Haus!« Purandar begann, sich zu sträuben wie eine zornige Katze. »Wenn du nicht gehst, rufe ich die Polizei«, drohte Jagamohan.

Purandar warf Nani einen vernichtenden Blick zu und verschwand. Nani fiel in Ohnmacht.

Jagamohan verstand, was vorgefallen war. Er rief Sachīsh, und durch sein Fragen wurde ihm alles klar: Sachīsh wußte, daß es Purandar war, der Nani geschwängert hatte. Er hatte ihm nichts gesagt, damit er in seiner Wut keinen Tumult verursachte. Sachīsh wußte nur zu gut, daß Nani sonst nirgendwo in Kalkutta den Drangsalierungen Purandars entkommen konnte. Nur das Haus des Onkels würde er möglichst niemals betreten.

Nani hatte einige Tage lang Angstzustände und zitterte wie Bambusblätter im Wind. Danach brachte sie ein totes Kind zur Welt.

Purandar hatte Nani mitten in der Nacht mit Fußtritten aus dem Haus gejagt und sie danach auch nach langer Suche nicht gefunden. Als er sie nun im Haus des Onkels entdeckte, erfaßte ihn von Kopf bis Fuß eine rasende Eifersucht. Er glaubte, daß Sachīsh sie ihm für sein eigenes Vergnügen ausgespannt und sie nur deshalb direkt neben sein Haus gebracht habe, um ihn, Purandar, gezielt zu beleidigen. Das durfte nicht toleriert werden. Harimohan erfuhr von der Sache. Purandar schämte sich nicht im mindesten, Harimohan davon zu unterrichten, denn Harimohan hatte eine gewisse Schwäche für all diese Eskapaden seines Sohnes.

Daß Sachīsh dieses Mädchen seinem eigenen Bruder Purandar rauben sollte, schien Harimohan höchst ungesetzlich und widernatürlich. Sein größter Wunsch war, daß Purandar diese Beleidigung und dieses Unrecht gebührend rächte. Er selbst half mit Geld aus, um eine falsche Mutter von Nani aufzutreiben. Sie besuchte Jagamohan und vergoß dort einige Krokodilstränen. Jagamohan setzte sie mit solcher Heftigkeit vor die Tür, daß sie sich dort nicht mehr blicken ließ.

Nani wurde Tag für Tag bleicher und schien sich wie ein Schatten nach und nach zu verflüchtigen. Es war die Zeit der Weihnachtsferien, und Jagamohan ließ Nani keinen Augenblick allein im Haus.

Eines Abends, als er ihr gerade eine Geschichte von Scott in seiner bengalischen ad-hoc-Übersetzung vortrug, kam Purandar zusammen mit einem anderen jungen Mann ins Haus gestürmt. Jagamohan wollte schon die Polizei rufen, als der Jüngling sich für Nanis Bruder ausgab. Er sei gekommen, um sie zu holen.

Jagamohan antwortete nicht, sondern faßte Purandar am Kragen, schob ihn bis an den Treppenabsatz und stieß ihn hinunter. Dem anderen Mann sagte er: »Niederträchtiger, schämst du dich denn gar nicht? Als es Nani zu beschützen galt, warst du ein Niemand, und jetzt, da sie zugrunde gerichtet werden soll, bist du plötzlich ihr Bruder?«

Der Jüngling verließ das Haus ohne Zögern, doch von Ferne schrie er noch, daß er die Schwester mit Hilfe der Polizei befreien und mitnehmen werde. Er war nämlich tatsächlich Nanis Bruder. Purandar hatte ihn herbeigerufen, um zu offenbaren, daß Sachīsh schuld an Nanis Fall sei.

Nani begann insgeheim zu beten, die Erde möge sich auftun.

Jagamohan rief Sachīsh zu sich und sprach: »Ich gehe mit Nani in eine Stadt im Westen und suche mir dort etwas zum Leben. Die Drangsalierungen werden so maßlos, daß das Mädchen nicht überleben wird, wenn es hierbleibt.«

Sachīsh sagte: »Wenn mein Bruder es sich einmal in den Kopf gesetzt hat, dann folgt euch die Drangsal, wohin ihr auch geht.«

»Gibt es eine andere Möglichkeit?«

»Es gibt eine Möglichkeit. Ich heirate Nani.«

»Du willst sie heiraten?«

»Ja, nach dem bürgerlichen Ehegesetz.«

Jagamohan drückte Sachīsh an seine Brust. Die Tränen rannen ihm aus den Augen. Niemals hatte er in seinem Alter so geweint.

6

Seit der Teilung des Hauses hatte Harimohan den Bruder Jagamohan nicht einmal besucht. An jenem Tag aber kam er herüber, zerzaust und gezeichnet, und sagte: »Bruder, was höre ich da Entsetzliches?«

Jagamohan sagte: »Entsetzlich war es in der Tat, doch jetzt wird Abhilfe geschaffen.«

»Bruder, Sachīsh ist wie dein Sohn – willst du ihn wirklich mit diesem gefallenen Mädchen verheiraten?«

»Ja, ich habe Sachīsh aufgezogen wie meinen Sohn. Heute ist diese Saat aufgegangen. Er macht unserer Familie alle Ehre.«

»Bruder, ich gebe mich geschlagen. Ich überschreibe dir die Hälfte meiner Einnahmen, aber verzichte auf diese furchtbare Rache.«

Jagamohan stand von seinem Schemel auf: »Hört, hört!« sagte er. »Du bist also tatsächlich gekommen, um mich wie einen Hund mit der Hälfte deines angegessenen Tellers zu besänftigen! Ich bin nicht religiös wie du, ich bin Atheist; merk dir das! Ich nehme weder Rache aus Wut, noch akzeptiere ich die Almosen solcher Zugeständnisse.«

Harimohan begab sich daraufhin in Sachīshs Wohnheim. Er rief ihn in einen stillen Winkel und sprach: »Was muß ich da hören? Fällt dir denn sonst nichts ein, womit du dich zugrunde richten kannst? Warum willst du eine derartige Schande über die Familie bringen?«

Sachīsh sagte: »Ich versuche bloß, die Schande von der Familie abzuwenden. Ansonsten liegt mir nichts am Heiraten.«

Harimohan sagte: »Du verstehst wirklich überhaupt nichts von religiösen Dingen. Dieses Mädchen ist wie die Frau deines großen Bruders für dich, und du willst ...«

Sachīsh fiel dem Vater abwehrend ins Wort: »Wie die Frau? Nehmen Sie solche Worte nicht in den Mund!«

Hierauf beschimpfte Harimohan Sachīsh mit allem, was ihm spontan über die Lippen kam. Sachīsh erwiderte nichts.

Harimohan war besorgt, weil Purandar schamlos herumlief und verkündete: Wenn Sachīsh Nani heirate, werde er sich umbringen. »Dann hätten wir eine Sorge weniger. Aber zu so etwas bist du ohnehin nicht fähig«, sagte Purandars Frau dazu, und auch Harimohan vermochte Purandars Drohung nicht ernsthaft zu glauben. Trotzdem blieb ein Rest von Angst bestehen.

Sachīsh wich Nani in jener Zeit aus. Er war nicht einmal mit ihr allein gewesen, und sie hatten kaum je miteinander gesprochen. Als die Hochzeit zur beschlossenen Sache wurde, sagte Jagamohan zu Sachīsh: »Sprich vor der Hochzeit einmal richtig unter vier Augen mit ihr. Ihr müßt euch miteinander vertraut machen.«

Sachīsh war dazu bereit, und Jagamohan bestimmte einen Tag. Zu Nani sagte er: »Meine Liebe, heute mußt du dich einmal ganz nach meinen Vorstellungen zurechtmachen.«

Nani senkte aus Scham den Kopf.

»Nein, meine Liebe, du brauchst dich nicht zu schämen. Ich habe den großen Wunsch, dich heute schön geschmückt zu sehen. Den mußt du mir erfüllen.«

Mit diesen Worten ging Jagamohan los, kaufte ganz nach seinem Geschmack einen golddurchwirkten Sari aus Benares, Bluse und Kopftuch und legte alles in Nanis Hände.

Nani kniete vor ihm nieder und zeigte ihm ihre Verehrung, indem sie den Staub seiner Füße zur Stirn führte. Er beeilte sich, seine Füße zurückzuziehen, und sagte: »Ich habe dir deine Demut noch immer nicht austreiben können. Ich bin vielleicht an Jahren älter als du, meine Liebe, aber als Mutter bist du die Größere von uns beiden!«

Er küßte ihre Stirn und sagte: »Ich bin heute bei Bhabatosh eingeladen, es wird etwas später werden.«

Nani ergriff seine Hand und sagte: »Vater, gib mir heute deinen Segen.«

»Meine Liebe, ich sehe schon, wie du diesen Atheisten schließlich noch religiös machen wirst. Ich gebe zwar keinen Heller auf Segnungen, aber wenn ich in dein Gesicht blicke, bekomme ich tatsächlich Lust, dich zu segnen.«

Er faßte Nani eine Weile am Kinn und sah sie still an. Aus Nanis Augen flossen ohne Unterlaß die Tränen.

Am Abend kamen Leute zu Bhabatoshs Haus gelaufen, um Jagamohan nach Hause zu holen. Er fand Nanis Körper auf dem Bett liegend, angetan mit den Kleidungsstücken, die er gekauft hatte, und mit einem Brief in der Hand. Sachīsh stand neben dem Bett. Jagamohan öffnete den Brief und las:

»Vater, ich habe es nicht geschafft, verzeih mir. Eingedenk deiner Worte habe ich es die ganze Zeit mit aller Kraft versucht, aber ich habe ihn noch immer nicht vergessen können. Ich neige mich tausendfach zu deinen Füßen.

Die Sünderin Nanibālā.«

SACHĪSH

Vor seinem Tod hatte der Atheist Jagamohan zu seinem Neffen Sachīsh gesagt: »Wenn dir daran gelegen ist, Bestattungsriten zu befolgen, dann bitte nur die deines Vaters, aber nicht die deines Onkels.«

Zu seinem Tod kam es wie folgt. Als in Kalkutta das erste Mal die Pest ausbrach, verschreckte die Leute die Angst vor den livrierten Sanitätern mehr noch als die Seuche selbst. Sachīshs Vater Harimohan dachte, die *cāmārs* von nebenan würde die Pest zuallererst befallen, und damit schien ihm auch der eigene und der Tod der Seinen vorherbestimmt. Bevor er aus seinem Haus floh, ging er eines Tages zu Jagamohan und sagte: »Bruder, ich habe in Kalna am Ufer des Ganges ein Haus bekommen, wenn …«

»Bestens!« unterbrach ihn Jagamohan. »Doch wie soll ich sie im Stich lassen?«

»Wen?«

»Na, die *cāmārs*.«

Harimohan verzog das Gesicht und ging. Er begab sich zu Sachīshs Wohnheim und sagte: »Auf geht's.«

»Ich habe zu tun«, gab Sachīsh zurück.

»Zu tun? Willst du die Leichen der *cāmārs* aus dem Viertel waschen?«

»Mit Verlaub, ja – wenn es nötig ist, dann …«

»Mit Verlaub, hört hört! Wenn es nötig ist, dann bist du fähig, deine Ahnen bis zur vierzehnten Generation in die Hölle zu schicken. Du Niederträchtiger, Widerling, Atheist!«

Harimohan sah darin böse Zeichen, daß das Endzeitalter nun zur vollen Blüte komme, und ging entmutigt nach Hause. Dort beschrieb er in winzigen Buchstaben einen Packen Papier mit dem Namen von Durgā.

Harimohan verschwand. Die Pest erreichte das Viertel. Die Leute wollten den Arzt nicht rufen, damit man sie nicht zwangsweise ins Krankenhaus steckte. Jagamohan hatte selbst ein solches Pestkrankenhaus besucht und meinte danach, nur weil eine Krankheit ausgebrochen sei, könne man die Menschen doch nicht wie Kriminelle behandeln.

Mit großem Einsatz eröffnete er ein privates Hospital im eigenen Haus. Sachīsh und zwei oder drei von uns waren freiwillige Pfleger; wir hatten auch einen Arzt in unserer Gruppe.

Der erste Patient unseres Krankenhauses, ein Muslim, starb. Der zweite war Jagamohan selbst, und auch er blieb nicht am Leben. »Heute schenkt mir die Religion, an die ich so lange geglaubt habe, ihre letzte milde Gabe«, sagte er zu Sachīsh. »Ich bereue nichts.«

Sein ganzes Leben lang hatte Sachīsh sich nie vor seinem Onkel verneigt, doch heute, nach dessen Tod, fiel er vor ihm nieder und führte zum ersten und letzten Mal den Staub seiner Füße an die Stirn.

Als Harimohan danach Sachīsh traf, bemerkte er, dies sei genau der Tod, der einem Atheisten zukomme.

Sachīsh bejahte voller Stolz.

2

Nach Jagamohans Tod verschwand Sachīsh plötzlich und blieb so unauffindbar wie das Licht einer ausgeblasenen Kerze. Wir können uns nicht vorstellen, wie sehr Sachīsh seinen Onkel geliebt hat. Er war Sachīshs Vater, Freund und zugleich gewissermaßen auch sein Sohn gewesen, denn Jagamohan war derart naiv mit sich selbst und so unfähig im Umgang mit der Umwelt, daß es eine von Sachīshs Hauptaufgaben gewesen war, ihn von allen möglichen Schwierigkeiten abzuschirmen. Somit hatte Sachīsh alles, was sein war, durch den Onkel bekommen, und zugleich hatte Jagamohan all das empfangen, was Sachīsh je gegeben hatte. Nicht auszudenken, wie ihn die Leere nach dieser Trennung getroffen haben muß. In seinem unerträglichen Schmerz versuchte Sachīsh zu verstehen, daß die Leere doch niemals ganz leer sein könne. Nirgends gab es ein so grauenerregendes Nichts, das nicht Platz für die Wahrheit gelassen hätte. Wenn ein »Nein« in einer anderen Hinsicht nicht zugleich auch ein »Ja« wäre, dann würde sich in dieser Leere die ganze Welt auflösen.

Zwei Jahre lang zog Sachīsh durchs Land, und ich konnte nichts über seinen Verbleib in Erfahrung bringen. Unsere Gruppe stürzte sich mit noch größerem Eifer als zuvor in die Arbeit. Allen, die an etwas mit dem Namen Religion glaubten, setzten wir heftig zu. Wir ließen nicht locker und wählten unsere Wohltätigkeiten so aus, daß die Söhne der guten Familien gar nicht erst in Versuchung gerieten, unsere Arbeit gutzuheißen. Sachīsh war unsere Blüte gewesen. Nachdem er sich von uns abgesetzt hatte, traten unsere Stacheln um so schärfer hervor.

3

Zwei Jahre lang hörte ich nichts von Sachīsh. Ich war weit davon entfernt, ihn zu tadeln, aber ich konnte den Gedanken nicht loswerden, daß die Melodie, die in Sachīsh gespielt hatte, durch diesen Schlag verstummt sei. Beim Anblick eines Bettelmönches hatte der Onkel einmal gesagt: »Die Welt beurteilt die Menschen wie ein Geldprüfer die Münzen, nämlich nach ihrem Klang. Die Welt schlägt die Menschen an mit Dingen wie Trauer, Verlust und Erlösungssehnsucht. Jene, die schwach klingen, sortiert der Geldverleiher aus. Diese Asketen sind das weggeworfene Falschgeld. Vom Handel des Lebens sind sie ausgeschlossen worden, doch das hindert sie nicht daran, sich damit zu brüsten, daß sie das Weltliche aus eigenem Verdienst hinter sich gelassen haben. Wer auch nur die geringsten Fähigkeiten besitzt, schlüpft nicht einfach so aus der Welt. Trockene Blätter fallen vom Baum, weil der Baum sie fallen läßt; denn sie sind nichts als Abfall.«

Warum mußte ausgerechnet Sachīsh schließlich unter diesen Abfall der Gesellschaft geraten? Hatte der schwarze Prüfstein seiner Trauer bewiesen, daß Sachīsh auf dem Markt des Lebens keinerlei Wert besaß?

In jenen Tagen nämlich hörte man, daß Sachīsh, unser Sachīsh, irgendwo bei Chittagong im Gefolge von Līlānanda Svāmī mitlief und mit Gruppengesängen zum Lob von Krishna Chaitanya, Zimbelspiel und Tanzerei die Gegend in Aufruhr versetzte. Früher hatte ich mir überhaupt nicht vorstellen können, wie ein Mensch wie Sachīsh Atheist sein konnte; und nun war es mir ein Rätsel, wie Līlānanda Svāmī ihn zum Tanzen gebracht hatte.

Außerdem drohte uns damit natürlich eine schlimme Blamage. Unsere Feinde würden uns auslachen, und Feinde hatten wir schließlich mehr als genug. Unsere Leute waren äußerst empört über Sachīsh. Viele behaupteten, sie hätten ja von vornherein gewußt, daß Sachīsh keine Substanz besitze und nur aus hohler Sentimentalität bestehe.

Ich verstand jetzt, wie sehr ich Sachīsh liebte. Obwohl er unserer Gruppe wahrhaftig einen Todespfeil verpaßt hatte, konnte ich einfach nicht wütend auf ihn sein.

4

Ich machte mich auf die Suche nach Līlānanda Svāmī. Ich weiß nicht, wie viele Flüsse ich überquerte, Feldwege entlangging und Nächte in Gemüseläden verbrachte, bis ich schließlich in einem Dorf auf Sachīsh stieß. Es war etwa zwei Uhr mittags.

Ich wollte Sachīsh allein treffen, doch dazu gab es keine Gelegenheit. Līlānanda hielt sich bei einem seiner Anhänger auf; Veranda und Hof des Hauses schwirrten vor Leuten. Den ganzen Vormittag hatte man mit einem *kīrtaṇ* verbracht. Nun wurden diejenigen unter den Leuten, die von weither angereist waren, mit Essen versorgt.

Als Sachīsh mich bemerkte, kam er sofort zu mir gelaufen und schloß mich in die Arme. Das verdutzte mich. Sachīsh war immer beherrscht, und in seiner Gefaßtheit gab sich die Tiefe seines Herzens zu erkennen. Heute aber schien es mir, als sei er berauscht.

Der Svāmī ruhte gerade in einem Zimmer. Einer der Türflügel war ein wenig geöffnet, und er bemerkte mich. Mit ernster Stimme rief er nach Sachīsh.

Sachīsh ging eilfertig ins Zimmer. »Wer ist das?« fragte der Svāmī.

»Srībilās, mein Freund«, antwortete Sachīsh.

Sogleich begann mein Name, von Mund zu Mund zu gehen. Ein gelehrter Engländer hatte einmal eine englische Rede von mir mit den Worten kommentiert: »Dieser Mann kann ...« – aber lassen wir das, damit ich die Zahl meiner Feinde nicht unnötigerweise weiter vermehre. Daß ich ein durchtriebener Atheist war und die englische Sprache wie einen Vierspänner mit fünfundzwanzig Meilen pro Stunde gewandt durch die Gassen jagen konnte, hatte sich von den Schülern und Studenten bis hin zu deren Vätern herumgesprochen.

Ich glaubte, der Svāmī freue sich über mein Kommen. Er wollte mich sehen. Ich faltete die Hände zum Gruß. Zwar stiegen die gefalteten Hände wie ein Schwert bis zu meiner Stirn hinauf, doch der Kopf wollte sich nicht neigen. Wir waren Schüler von Sachīshs Onkel; unserem Gruß fehlte die Kopfbeugung wie einem abgespannten Bogen die Krümmung. Eben dadurch war der Gruß so gerade wie ein Pfeil.

Der Svāmī bemerkte dies. »Sachīsh, bereite mir doch eine Wasserpfeife zu«, sagte er.

Sachīsh setzte sich, um den Tabak aufzulegen. Als der Aufsatz der Pfeife Feuer fing, begann es auch in mir zu lodern. Ich wußte nicht, wohin ich mich setzen sollte. Neben anderen Möbeln gab es ein Bett, auf dem das Bettzeug des Svāmīs ausgebreitet lag. Ich hielt es prinzipiell nicht für unangebracht, mich auf eine Seite des Bettes zu setzen, doch aus irgendeinem Grund unterließ ich es und blieb an der Tür stehen.

Wie ich nun merken sollte, wußte der Svāmī, daß ich zwei hochangesehene Stipendien bekommen hatte. »Mein Lieber«, sagte er, »der Taucher schwimmt hinunter bis zum Meeresgrund, um Perlen zu fischen, doch wenn er dort unten bleibt, ist er verloren. Um am Leben zu bleiben, muß er nach oben aufsteigen und Luft holen. Wenn du leben willst, mein Junge, dann komm vom Ufer des Wissensmeeres zurück ans Festland. Die Rāychānd- und Premchānd-Stipendien hast du ja schon erlangt; sieh nun zu, wie du wieder von ihnen loskommst.«

Sachīsh reichte ihm die Pfeife mit dem aufgelegten Tabak und setzte sich zu seinen Füßen auf den Boden. Sogleich streckte der Svāmī seine Beine in Sachīshs Richtung aus. Der begann, langsam mit seinen Händen über die Füße des Svāmī zu streichen.

Als ich das sah, gab es mir einen so tiefen Stich, daß ich nicht mehr im Zimmer bleiben konnte. Ich hatte sehr wohl verstanden, daß er sich nur deshalb von Sachīsh Tabak zubereiten und die Füße massieren ließ, um mir einen Schlag zu versetzen.

Der Svāmī begab sich zur Ruhe, und alle Besucher aßen ihren Reiseintopf. Um fünf begann erneut der *kīrtaṇ* und setzte sich bis abends um zehn Uhr fort.

In der Nacht traf ich Sachīsh allein an und sprach: »Sachīsh, seit deiner Geburt bist du ein Mensch der Freiheit. Auf was für eine Bindung hast du dich hier eingelassen? Hat der Tod des Onkels denn auch alles andere in Frage gestellt?«

Teils in freundschaftlichem Scherz und teils wegen meines Aussehens verdrehte Sachīsh oft die beiden Anfangssilben meines Namens Srībilās und nannte mich *Bisrī*, was »häßlich« bedeutet. »Bisrī«, sagte er, »als der Onkel lebte, befreite er mich auf dem Gebiet des tätigen Lebens, so wie ein kleiner Junge seine Befreiung auf dem Spielplatz erlebt. Nach seinem Tod hat er mich ins Meer der Emotionen entlassen, gleich jenem kleinen Jungen im Schoß der Mutter. Die Freiheit jener Tagzeit habe ich ausgekostet; warum sollte ich die Freiheit dieser Nachtzeit nun verschmähen? Und sei dir gewiß: Die eine Freiheit wie die andere hat ein und derselbe Onkel Jagamohan zuwege gebracht.«

»Wie auch immer«, wandte ich ein, »aber Unarten wie dieses Tabakzubereiten oder Füßemassieren pflegte dein Onkel nicht. Mit Freiheit haben sie nichts zu tun.«

Sachīsh sagte: »Damals ging es doch um die Freiheit auf dem Festland. Der Onkel hatte meine Glieder für die Arbeit gedrillt. Hier aber haben wir's mit einem Meer von Gefühl zu tun; hier bedeutet es Befreiung, wenn man sein Boot anbindet. Gerade darum spannt mich der Guru ständig in seine Dienste ein: Indem ich seine Füße massiere, überquere ich das Meer.«

»Aus deinem Mund hört sich das ganz hübsch an, aber wofür braucht jemand, der dir einfach so seine Füße entgegenstreckt …?«

»Er kann das tun, eben weil er keine Dienste braucht. Hätte er sie nötig, dann würde er sich schämen. Ich bin es doch, der sie nötig hat.«

Ich begriff, daß sich Sachīsh in einer Welt befand, mit der ich nicht das Geringste zu tun hatte. Jenes Ich, das Sachīsh beim Wiedertreffen sofort in seine Arme geschlossen hatte, war nicht etwa Srībilās – nein, mein Ich war für Sachīsh die ganze Schöpfung; mein Ich war eine Idee.

Ideen dieser Art sind wie Alkohol. In der Entrücktheit des Rausches kann der Betrunkene jeden Beliebigen tränenreich an die Brust drücken; was bedeuten ihm schon Ich und Du. Aber wie sehr diese Umarmerei den Trinker auch beglücken mag, mich beglückt sie nicht. Ich habe keinen Bedarf, eine bloße Welle in einer unterscheidungslosen Flut der Eingestaltigkeit zu werden, denn »ich bin ich«.

Ich begriff, daß Argumente sinnlos waren. Aber es war mir unmöglich, mich von Sachīsh loszureißen. Von ihm gezogen, begann auch ich, im Strom dieser Gruppe von Dorf zu Dorf zu treiben. Und nach und nach ergriff auch mich ein Rausch. Auch ich begann, alle zu umarmen, den Tränen freien Lauf zu lassen und die Füße des Gurus zu massieren. Und eines Tages überkam es mich sogar, daß ich Sachīsh in einer überirdischen Form erblickte, welche sonst nur bei einer wahrhaftigen Gottheit möglich war.

5

Nachdem Līlānanda Svāmī zwei so unverwüstliche, britisch erzogene Atheisten wie uns in seine Gruppe aufgenommen hatte, verbreitete sich sein Name in allen Richtungen. Seine in Kalkutta lebenden Anhänger begannen ihn nun zu drängen, in die Stadt zu kommen.

Er kam nach Kalkutta.

Er hatte dort einen ihm vollkommen ergebenen Verehrer namens Sibatosh, und wenn er in Kalkutta war, wohnte er immer nur in seinem Haus. Den Svāmī mitsamt seiner ganzen Schar zu verehren war für Sibatosh die größte Freude seines Lebens.

Vor seinem Tod regelte er den Lebensunterhalt seiner jungen, kinderlosen Frau, während er sein Kalkuttaner Haus und Einkommen dem Guru vermachte. Sein Wunsch war, daß dieses Haus im Laufe der Zeit zum Hauptpilgerort der Bewegung um Līlānanda Svāmī werde. In jenem Haus bezogen wir nun Quartier.

Solange wir verzückt von Dorf zu Dorf gezogen waren, hatte ich mich tatsächlich in einer Art Trance befunden, doch in Kalkutta fiel es mir schwer, diesen Zustand aufrechtzuerhalten. Die ganze Zeit über hatte ich in einem Reich von Gefühlen gewohnt, in dem die kosmische Frau und der kosmische Mann ihr Liebesspiel trieben. Die Kuhweiden, die Schatten der Banyanbäume an den Anlegestellen der Fähren, der vor Geruhsamkeit trunkene Mittag und die vom Zirpen der Grillen zitternde Stille des Abends waren ganz und gar von jener Melodie durchdrungen. Ich schritt wie im Traum dahin und fand am offenen Himmel kein Hindernis. Auf dem harten Pflaster Kalkuttas dagegen stieß ich mir den Kopf und wurde im Menschengedränge angerempelt. Das Theater war vorbei. Hier in Kalkutta im Wohnheim hatte ich einst Tag und Nacht mit großem Einsatz studiert, hatte am Teichufer des Goldighi gemeinsam mit Freunden patriotische Ideen besprochen und beim Versuch, gegen unrechtmäßige Gewaltanwendungen der Polizei einzuschreiten, sogar das Gefängnis von innen gesehen. Hier war ich dem Ruf von Sachīshs Onkel gefolgt und hatte geschworen, der Räuberei unserer Gesellschaft mit ganzer Seele Einhalt zu gebieten, die Fangnetze jeder Art von Knechtschaft zu zerreißen und den Geist unserer Landsleute zu befreien. Wie ein Boot, das mit vollen Segeln und hoher Bugwelle gegen den Strom zieht, war ich von Beginn meiner Jugend bis heute durch die Menschenmengen von Kalkutta geschritten, ständig begleitet von den Verwünschungen der Verwandten und Fremden, Bekannten und Unbekannten. In diesem Kalkutta – inmitten dieser von den verschiedensten Sorgen um Hunger und Durst, Glück und Unglück, Gut und Böse getriebenen Menschenmengen – versuchte ich mit aller Kraft, die tränenbenetzte Entrücktheit des Gefühls wachzuhalten. Immerfort überkam mich der Gedanke, ich sei schwach und sündig und meine spirituelle Disziplin kraftlos. Nur wenn ich Sachīsh anblickte, konnte ich kein Anzeichen dafür entdecken, daß sich irgendeine Stadt namens Kalkutta auf irgendeinem Breitengrad dieser Erde befand; für ihn war das alles ein Schatten.

6

Wir zwei Freunde begannen nun, zusammen mit dem Guru in Sibatoshs Haus zu wohnen. Wir waren seine wichtigsten Schüler, und er wollte auf unsere Nähe nicht verzichten.

Mit dem Guru und den anderen Jüngern wurden Tag und Nacht die spirituellen Emotionen und ihre Grundlagen erörtert. In all diese tiefen, schwer zugänglichen Gespräche platzte jedoch von den inneren Räumen her immer wieder unvermittelt ein hohes weibliches Lachen. Manchmal hörten wir in heller Tonlage den Ruf »Bāmi!« Gemessen an dem Gefühlshimmel, dem wir uns rauschhaft hingaben, war all dies trivial, dennoch erschien es mir in solchen Momenten plötzlich, als sei inmitten einer Dürrezeit ein heftiger Regenschauer niedergegangen. Wie abgefallene Blütenblätter wehten von der unsichtbaren Welt auf der anderen Seite der Zimmerwand solche kleinen Lebenszeichen zu uns herüber. Ich begriff sofort, daß die Welt der Gefühle doch dort war, wo die Schlüssel der Küchen- und Haushaltsräume klingelten, die an den Sarizipfel jener unbekannten Bāmi gebunden waren; wo die Essensdüfte aus der Küche kamen; und wo wir die Geräusche des Besens vernahmen. Dort, wo alles unbedeutend, aber doch wahr war, ein Gemenge aus Sanftem und Heftigem, Feinem und Rohem, dort war der Himmel der Emotionen!

Die Witwe von Sibatosh hieß Dāminī. Am Anfang bekamen wir sie nur hier und da für kurze Augenblicke zu sehen. Wir beide waren aber so eng mit dem Guru verbunden, daß Dāminī sich uns gegenüber schon nach kurzer Zeit nicht mehr verbarg.

Dāminī bedeutet »Blitz«, und Dāminī glich in der Tat dem Blitz im Innern einer Monsunwolke. Außen besaß sie die üppige Fülle der Jugend, und in ihrem Inneren loderte hell ein sprunghaftes Feuer.

In Sachīshs Tagebuch steht:

»In Nanibālā habe ich eine Urgestalt des Weiblichen gesehen: die Frau, die den Makel der Unreinheit auf sich genommen hat, für einen Sünder ihr Leben gab und durch ihren Tod den Nektarkelch des Lebens angefüllt hat. Dāminī verkörpert eine andere Urgestalt des Weiblichen: Diese Frau hat mit dem Tod nichts zu tun, sie ist ganz erfüllt von der Energie des Lebens. Wie ein blühender Frühlingswald ist sie übervoll von Grazie, Duft und Wogen. Sie will keinerlei Entsagung üben und will keinen Asketen bei sich beherbergen; sie hat sich geschworen, dem Nordwind nicht einen Heller Zoll zu zahlen.«

Aber ich will zunächst über Dāminīs Hintergründe berichten. Ihre Hochzeit mit Sibatosh fällt in jene Zeit, als die Kasse ihres Vaters Annadāprasād, eines Jutehändlers, durch eine plötzliche Flut des Profits geradezu überquoll. Bis dahin hatte Sibatosh nur eine gute Familie gehabt, doch nun kam ein günstiges Schicksal hinzu. Annadā gab dem Schwiegersohn ein Haus in Kalkutta und sorgte dafür, daß es auch sonst an nichts fehlte. Er sparte auch nicht an Schmuck für Dāminīs Mitgift.

Lange versuchte Annadā, Sibatosh in seinem Büro anzulernen, doch Sibatosh lag von seinem Wesen her wenig an weltlichen Dingen. Ein Wahrsager hatte ihm einmal prophezeit, daß er an einem vorausbestimmten Tag durch einen bestimmten Blick des Gottes Brihaspati ein zu Lebzeiten Erlöster würde. Von jenem Tag an hatte er die Gier nach Gold und anderen materiellen Dingen aufgegeben. Irgendwann hatte er sich dann von Līlānanda Svāmī einweihen lassen.

Annadās Schicksal hatte inzwischen eine scharfe Böe aus entgegengesetzter Richtung erfaßt und zu Boden gefegt. Alle seine Häuser mußten verkauft werden, und selbst das Essen wurde zu einem Problem.

Eines Abends kam Sibatosh ins Haus und sagte zu seiner Frau: »Der Svāmī ist gekommen. Er läßt dich rufen, er will dir eine Unterweisung geben.«

»Nein, ich kann jetzt nicht«, erwiderte Dāminī, »ich habe keine Zeit.«

Keine Zeit? Sibatosh kam näher und sah, daß Dāminī im dunklen Zimmer den Schmuck aus ihrem Kästchen ausgebreitet hatte. »Was tust du da?« fragte er.

»Ich ordne meinen Schmuck«, sagte Dāminī.

Deshalb hatte sie keine Zeit? War das denn die Möglichkeit? Am nächsten Tag öffnete Dāminī ihre Truhe und sah, daß ihr Schmuckkästchen fehlte. Sie fragte ihren Mann nach dem Schmuck. Der sprach: »Den hast du doch deinem Guru dargeboten. Darum hatte er dich genau in dem Moment gerufen. Er ist allgegenwärtig. Er hat dir deine Gier nach Gold geraubt.«

»Her mit meinem Schmuck«, rief Dāminī wutentbrannt.

»Wieso, was willst du damit?« fragte ihr Mann.

»Er war ein Geschenk meines Vaters«, sagte Dāminī, »ich will ihn meinem Vater zurückgeben.«

Sibatosh sagte: »Der Schmuck ist jetzt an einem besseren Ort. Statt in den Bauch eines Reichen ist er in den Dienst der Frommen gelangt.«

So begann ein wahrer Raubzug im Namen der Frömmigkeit. Wie die Geisterjäger drangsalierten sie Dāminī, um ihr nach und nach alle Wünsche und Begehren auszutreiben. Während Dāminīs Vater und ihre jüngeren Brüder Hungerqualen litten, mußte Dāminī täglich sechzig bis siebzig Anhänger des Svāmī eigenhändig bekochen. Sie tat zwar absichtlich kein Salz ans Gemüse und ließ die Milch anbrennen, dennoch nahmen auf diese Weise die Kasteiungen ihren Lauf.

Zu dieser Zeit starb ihr Mann und gab ihr die letzte Strafe für ihren Mangel an frommer Ehrerbietung mit auf den Weg: Mitsamt seines ganzen Besitzes vertraute er insbesondere seine Frau dem Guru an.

7

Wellen der Verehrung wogten ohne Unterlaß durch das Haus. Von weither nahmen Leute scharenweise Zuflucht bei unserem Guru. Dāminī indes konnte zwar mühelos zu ihm kommen, aber sie weigerte sich beharrlich, von diesem seltenen Privileg Gebrauch zu machen.

Wenn der Guru Dāminī zu einer besonderen Unterweisung rief, sagte sie, sie habe Kopfschmerzen. Wenn er sie zu irgendeinem Fehler in der Vorbereitung der allabendlichen Mahlzeit befragen wollte, gab sie bekannt, sie sei im Theater gewesen. Diese Antwort war zwar nicht wahr, aber sie war bitter. Als eine Gruppe weiblicher Anhänger Dāminīs Verhalten bemerkte, legten sie ratlos die Hand an die Wange. Sie kleidete sich nicht, wie es sich für eine Witwe gehörte, sie mied die Unterweisungen des Gurus, und außerdem zeigte sie keinerlei Zeichen einer körperlichen oder geistigen Aufhellung, hervorgerufen von Selbstbeherrschung und Reinheit, die sich doch ganz von selbst durch die Nähe zu einem so wichtigen großen Mann ergeben müsse. »Daß ich so etwas noch zu sehen bekomme«, sagten alle. »Ich habe ja schon allerlei erlebt, aber so eine Frau ist mir noch nie zu Gesicht gekommen.«

Der Svāmī lachte nur. »Gott mißt sich am liebsten mit den Stärksten«, pflegte er zu sagen. »Wenn sie ihre Niederlage eingesteht, wird sie ganz verstummen.«

Er begann jetzt, sie mit größter Nachsicht zu behandeln, was für Dāminī noch unerträglicher war, denn diese Nachsicht war nur eine subtile Form der Zurechtweisung. Eines Tages hörte er, wie Dāminī sein übermäßig sanftes Verhalten vor irgendeiner Freundin nachäffte und lächerlich machte.

Doch er sagte: »Unerhörtes wird geschehen. Dāminī ist das Werkzeug der Vorsehung, um es ans Licht zu bringen. Die Arme trägt keine Schuld.«

In unserer Anfangszeit hatten wir Dāminī wie beschrieben erlebt. Danach nahm das Unerhörte seinen Anfang.

Mir vergeht die Lust am Schreiben, und es ist schwierig, das Folgende zu formulieren. Das Netz aus Leid, das hinter dem Vorhang des Lebens immerfort von unsichtbarer Hand gewebt wird, beschreibt kein Lehrbuch, und der Umgang damit ist in keiner Gebrauchsanweisung enthalten. Aus diesem Grund geraten das Innen und das Außen in solchen Widerspruch zueinander; deshalb muß man so viele Hiebe einstecken und so sehr weinen.

Eines schönen Morgens platzte die rauhe Hülle der Auflehnung lautlos auf, und die Blüte der Selbstaufgabe reckte ihr vom Tau benetztes Gesicht nach oben. Dāminīs Dienst am Svāmī wurde jetzt so mühelos schön, daß ihre Anmut den Anhängern jenseits aller mühevollen Verdienste als eine besondere Gunst des Gnädigen erschien.

Als auf diese Weise der Blitz zum gezähmten Himmelsleuchten wurde, begann Sachīsh, dessen Glanz zu betrachten. Aber nur seinen Glanz, so muß ich betonen, betrachtete Sachīsh, Dāminī sah er nicht.

Über dem porzellangekachelten Türrahmen von Sachīshs Zimmer hing eine Fotografie von Līlānanda Svāmī in Meditationshaltung. Eines Tages sah er, daß das Bild heruntergefallen war und in vielen kleinen Stücken am Boden lag. Sachīsh dachte, seine Katze habe das angerichtet. Mitunter passierten nun aber auch andere seltsame Dinge, zu denen selbst eine Wildkatze nicht fähig gewesen wäre.

Auf allen Seiten erhob sich ein unruhiger Wind, und im Innern vibrierte es unsichtbar wie eine elektrische Aufladung. Über die anderen kann ich nichts sagen, doch ich wand mich innerlich vor Schmerzen. Immer wieder dachte ich, diese beständigen Wellen von Emotionen bekämen mir nicht, und ich wollte aufspringen und wegrennen. Die nüchternen Auseinandersetzungen über die Diphthonge des bengalischen Alphabets, die ich mit den *cāmār*-Jungen geführt hatte, waren für mich genau das Richtige.

An einem kühlen Mittag, als der Guru ruhte und die Anhänger müde waren, wollte Sachīsh entgegen seiner Gewohnheit aus irgendeinem Grund in dessen Schlafzimmer gehen. Erschrocken hielt er im Türrahmen inne. Er sah Dāminī mit zerzaustem Haar auf dem Boden liegen. Sie schlug ihren Kopf auf den Grund und sprach: »Stein, hab Mitleid, Stein, töte mich!«

Sachīsh erschauderte vor Angst am ganzen Körper. Auf der Stelle machte er kehrt.

8

Einmal jährlich reiste der Guru an einen schwer erreichbaren, menschenleeren Ort. Im Februar war es wieder soweit. Sachīsh sagte, er wolle mitfahren.

»Ich komme auch mit«, sagte ich. Die überhitzten Emotionen hatten mich bis auf die Knochen ausgezehrt. Ein paar Tage mit den Strapazen des Reisens und ein wenig Einsamkeit hatte ich bitter nötig.

Der Svāmī rief Dāminī und teilte ihr mit: »Meine Liebe, ich werde auf Reisen gehen. Ich frage deine Tante, ob du wie sonst bei ihr wohnen kannst.«

»Ich will mit dir gehen«, antwortete Dāminī.

»Das wirst du nicht können«, sagte der Svāmī, »es ist ein ziemlich beschwerlicher Weg.«

»Doch, ich kann«, sagte Dāminī. »Um mich brauchst du dir keine Sorgen zu machen.«

Der Svāmī freute sich über Dāminīs Entschlossenheit. In den anderen Jahren war dies Dāminīs Ferienzeit gewesen, auf die sie das ganze Jahr sehnsüchtig gewartet hatte. »Was für ein überirdisches Geschehen!« dachte der Svāmī. »Es ist unglaublich, wie durch die Chemie göttlicher Gefühle sogar Stein zu Butter wird.«

Dāminī ließ sich von ihrem Vorsatz nicht abbringen und kam mit uns.

9

An jenem Tag liefen wir fast sechs Stunden lang im prallen Sonnenschein und kamen schließlich an eine vom Meer umgebene Landzunge. Alles war menschenleer und still; das leichte Wedeln der Palmblätter mischte sich mit den trägen Wellen des fast unbewegten Meeres. Es schien, als sei im tiefen Schlaf der Erde ein Arm auf das Wasser gesunken. Auf ihrer Handfläche gleichsam erhob sich ein blaugrünlich schimmernder Hügel, und darin befand sich eine vor langer Zeit in den Fels gehauene Höhle. In Gelehrtenkreisen war tiefer Unfrieden entstanden über die Frage, ob die Höhle buddhistischen oder hinduistischen Ursprungs sei, ob die in ihre Wände gemeißelten Figuren Buddha oder Krishna darstellten und ihre Bildhauerei von griechischen Einflüssen zeuge oder nicht.

Eigentlich wollten wir die Höhle ansehen und dann in ein Dorf zurückkehren. Doch es wurde schon Abend, und es war der zwölfte Tag der dunklen Mondphase. »Heute müssen wir die Nacht in dieser Höhle verbringen«, sagte der Guru.

Wir setzten uns an den Strand zu Füßen des Waldes. Die Sonne neigte sich über dem Meer im Westen wie zu einer letzten Verbeugung vor der aufziehenden Dunkelheit. Der Guru begann zu singen; er beherrschte auch Lieder zeitgenössischer Dichter:

»Auf dem Pfade mit dir wandelnd
Wurden wir vereint am Abend.
Seht, das Licht der Dämmerung
Verging in einem Augenblick.«

Der Gesang an jenem Abend war wunderschön. Dāminī liefen Tränen aus den Augen. Der Guru sang ein Intermezzo:

»Ob wir uns jemals wiedersehn,
Darum will ich nicht trauern.
Doch warte, mit zerzaustem Haar
Bedeck ich dir die Füße.«

Als der Svāmī innehielt, füllte sich die Stille jenes von Himmel und Meer erfüllten Abends mit der Stimmung einer lautlosen Melodie wie eine goldfarbene, reife Frucht. Dāminī warf sich nieder zu seinen Füßen und blieb lange so liegen; ihr Haar löste sich und fiel auf den Boden.

10

In Sachīshs Tagebuch steht:

»In der Höhle waren viele Räume. In einem davon breitete ich meine Decke aus und legte mich hin. Die Dunkelheit jener Höhle war wie ein schwarzes Tier, und sein feuchter Atem berührte meinen Körper. Mir schien, als wäre es das erste Tier der urzeitlichen Schöpfung. Es hatte keine Augen und Ohren, nur einen riesigen Hunger und war seit Ewigkeiten in dieser Höhle gefangen. Es hatte keinen Geist, und es wußte nichts; es hatte nur Schmerzen und weinte lautlos.

Wie ein Gewicht drückte die Müdigkeit meinen ganzen Körper nieder, doch mir kam einfach kein Schlaf. Ein Vogel oder wahrscheinlich eine Fledermaus flog mit flappendem Geräusch in die Höhle oder aus ihr hinaus und verschwand von einer Dunkelheit in die andere. Als mich der Luftzug berührte, erschauderte ich am ganzen Körper.

Ich dachte, ich sollte besser draußen schlafen, aber ich hatte vergessen, wo der Höhleneingang war. Bei dem Versuch, in eine Richtung zu kriechen, berührte etwas meinen Kopf; in einer anderen Richtung stieß ich mich, und in einer dritten fiel ich in ein kleines Loch, wo sich das in den Spalten der Höhle verkalkte Wasser gesammelt hatte.

Schließlich ging ich zurück und legte mich auf die Decke. Mir schien, das Urtier habe mich in seine speichelfeuchte Mundhöhle genommen und es gebe nirgendwo einen Ausweg für mich. Da war nur ein schwarzer Hunger, der mich Stück für Stück auslutschen und vernichten würde. Sein Speichel war wie ein Verdauungssaft, der geräuschlos auflöst.

Schlaf war jetzt meine einzige Möglichkeit. Mein Wachbewußtsein konnte die enge Umarmung einer so großen, alles vernichtenden Dunkelheit nicht ertragen; das konnte nur der Tod.

Ich weiß nicht, wie lange es dauerte, bis sich etwas Schlafähnliches, eine dünne Decke von Benommenheit, über mein Bewußtsein legte. Einmal spürte ich inmitten der Täuschungszustände jenes Schlummers ein heftiges Ausatmen in der Nähe meiner Füße. Vor Angst gerann mir das Blut in den Adern. Das war jenes Urtier!

Etwas umfaßte meine Füße. Zuerst hielt ich es für ein Waldtier, doch es hatte kein Fell. Mein ganzer Körper wand sich. Es schien mir ein schlangenartiges Tier zu sein; ich kannte es nicht. Ich wußte nicht, was für einen Kopf, Körper oder Schwanz es hatte, und konnte mir nicht ausmalen, auf welche Art es zugreifen würde. Gerade daß es so weich war, machte es so grauenhaft: Es war ein Ausbund von Hunger.

Ich erstickte vor Angst und Ekel. Mit beiden Beinen begann ich, nach ihm zu treten. Mir schien, als habe es sein Gesicht auf meine Füße gelegt. Es atmete schwer. Ich wußte nicht, was für ein Gesicht das war, und trat mit den Füßen darauf ein.

Schließlich verging meine Illusion. Zuerst hatte ich geglaubt, dieses Wesen hätte keine Körperbehaarung, doch nun spürte ich, daß sich eine Haarmähne auf meine Füße gelegt hatte.

Ganz außer Atem setzte ich mich auf.

Jemand verschwand durch die Dunkelheit. Ich hörte ein seltsames Geräusch, wie unterdrücktes Weinen.«

INHALT

* Der Kurzroman Quartett besteht aus vier Teilen. Teil 3 und 4 sind »Dāminī« und »Srībilās« überschrieben. Lesen Sie weiter in den *Gesammelten Werken.*